ANATOMIA DEL TERROR

IVAN LEDEZMA

Editorial Unicornio Envenenado

Anatomía del Terror
D. R. ©
Número de Registro: En trámite
Autor: Iván Ledezma
Rama: novela

Octubre del 2021. Primera edición.

Corrección ortográfica: Sofía Escalera Fonseca.
Diseño de portada:
Diseño Editorial: Abigarrados.
Contacto en Facebook: unicornio envenenado
Primera edición: 100 ejemplares

Prólogo

Los cuentos son para mí, una de las formas más seductoras para conocer a un autor, para dejarse de rodeos y entrar directamente por la puerta que conduce a su alma o a su retorcida mente. Sumado a esto, el terror es uno de mis géneros literarios favoritos y es por eso que abrí con emoción el primer archivo que Iván puso en mis manos y en esa misma noche, lluviosa y caótica, no pude detenerme hasta terminar de leerlos todos.

El terror es ese miedo intenso que recorre nuestro epitelio y nos da frío, es esa sensación que algo malo, muy malo, está por ocurrirnos. Que algo o alguien, está a punto de quebrar en mil pedazos, algo que amamos o a nosotros mismos, y con ese escalofrío me recosté en la madrugada, para que las pesadillas hicieran lo suyo. Porque, como decía Oscar Wilde, las pesadillas también son sueños.

Tengo que advertir al lector que en este libro no encontrará un bálsamo para el alma herida o una respuesta a los misterios que cohabitan con nosotros desde que el hombre apareció en la tierra, pero sí va encontrar ese brebaje mágico que nos vuelve adictos al terror y nos emborracha de adrenalina.

Lo que más me ha impactado de estos cuentos, es que parten de escenas que podría estar, en cualquier momento, viviendo yo misma; escenas que podrían suceder en el instante menos pensado. Los trenes, los gatos, las cabañas y el bosque, no volverán a ser los mismos después de este libro, que logra dejar un tatuaje en nuestra memoria y acariciar cada fragmento de nuestro sistema nervioso.

Estos cuentos me han confirmado que los monstruos nos acompañan en este viaje llamado vida y que tocarlos por medio de letras es una manera poética de enfrentarlos y sentir, por un momento, que nuestro corazón delator sigue latiendo dentro de su caja, más vivo que nunca.

Sofía Escalera.

Ciudad de México, septiembre del 2021.

Nada en la vida debe ser temido, solamente comprendido. Ahora es el momento de comprender más para temer menos.

Marie Curie.

Para Jeremy, a quien tanto debo y tan poca cosa recibe de mí.

PARADOJA

- Tenemos que irnos rápido si queremos llegar a tiempo, ya son cerca de las 9 pm. y no tengo idea de cuánto nos hagamos en transporte público. – su tono era molesto.
- Tranquila, no es tan malo como parece, además tenemos suerte de que tus padres te hayan dejado salir. – Verónica suspiró. – vamos, la noche recién empieza.
- Obviamente me tenían que dejar salir, soy una santa, ¿no lo ves? – Lizbeth hizo una reverencia – lo que no me gusta es que no me hayan prestado el auto, eso sí me molesta.

Era "Día de muertos" y ambas amigas asistirían a una fiesta que se celebraría esa misma noche en casa de uno de sus compañeros de la facultad. Verónica vestía un traje tradicional de catrina, estaba maquillada como tal y no paraba de tomarse fotos cada que podía. Lizbeth, por su parte, lucía un traje de monja que ella misma había mandado a confeccionar, pues después de días de visitar varias tiendas de disfraces, ninguno era de su agrado.

Ahora ellas estaban contra reloj, la fiesta seguramente habría iniciado y tenían que llegar pronto para que todos notaran lo bien que se veían, antes de que el alcohol hiciera efecto en sus demás compañeros y no pudieran apreciar la belleza con la que ellas contaban, por eso Lizbeth estaba furiosa, sus padres no entendían lo importante que era para ella el tener que mostrar una buena imagen ante los demás, tener que llegar a tiempo, ellos habían pasado casi una hora dándole un sermón de que tenía que cuidarse, que no le darían el auto porque sabían que bebería, por eso estaba furiosa.

Al llegar al metro, notaron que estaba lleno, les costaría mucho abordar, eso era una pesadilla, el sudor en ellas estaba haciendo que sus ánimos se elevarán, odiaban sudar, después de casi veinte minutos, pudieron apenas acercarse a la línea de abordaje.

- Odio viajar en transporte público – bramó Lizbeth.
- Casi llegamos, no nos haremos tanto.
- ¿Eso es un gato? – Lizbeth tenía duda y asco por igual.

Odiaba a los gatos, le causaban alergias, se pegaban por la ropa dejando bastantes pelos, arañaban todo con sus filosas uñas, y ese ruido que hacían al ronronear, era insoportable para ella.

- No veo nada, amiga, pero no puede ser un gato, quizá una rata. Una rata grande tal vez – dijo Verónica, pensativa, mientras buscaba aquello que veía su amiga.
- Es negro, está ahí – señaló un lugar entre las vías y el muro de concreto- y no, yo creo es un gato, como que vi una cola peluda…

Lizbeth se agachó un poco para poder ver más a ese animal, perdió el equilibrio y cayó a las vías. Quizá fue la impresión del momento lo que le impidió reaccionar, pero se quedó helada, solo vio desde abajo a todas las personas que estaban arriba en el andén esperando al convoy.

Alguien de los presentes gritó, Lizbeth intentó pararse y notó que no podía, tenía el tobillo lastimado por la caída.

- ¡Ayuda! – gritó.

Nadie hacía nada para socorrer a la chica, todos miraban con indiferencia, algunos con morbo, Lizbeth miró con súplica a Verónica, estaba debatiéndose entre bajar y ayudar, o quedarse inmóvil esperando que alguien más fuera el héroe.

De pronto se escuchó el ruido del convoy entrando por el andén, Verónica se escondió entre la multitud, Lizbeth cerró los ojos y apretó la quijada lo más que pudo, sintió una tibieza entre las piernas y notó que se había orinado encima, no importaba, ya nada importaba.

Había escuchado que cuando uno está a punto de morir, ve su vida pasar, que tienes recuerdos de lo que hiciste en tu vida, que una calma te abraza, pero no era así, tenía miedo, esos segundos eran eternos y solo podía pensar en una cosa, quizá trivial para ese momento, "odio el transporte público".

Una rodilla en su espalda hizo que regresará a la realidad, se incorporó un poco, reconoció ese tipo de movimiento, ella lo había practicado años atrás en unos cursos de rescate a los que su padre la había llevado, "cargada de bombero", se puso lo más ligera que pudo, la persona que acudió a su rescate era una chica, la cargó con notoria dificultad, no parecía tener más edad que ella, estaba muy delgada, solo podía ver el cabello, se veía desgastado y estaba sucio, ella olía muy mal, quizá a tierra o polvo, pero todo eso le agradaba, estaba feliz de que hubiera acudido en su ayuda.

Después de segundos Lizbeth, ya con ayuda de alguien más, en el andén fue recibida y puesta a salvo, ella volteó para ver a su heroína, era tiempo de ayudarla a subir, pero todo fue rápido. Apenas había girado la vista, vio cómo el convoy golpeaba a su heroína y la arrastraba por debajo del mismo, el sonido de los huesos quebrándose era muy claro aún entre los gritos de las personas que estaban presentes, una gota de sangre salpicó a la cara de Lizbeth.

Estaba paralizada, pronto llegó el personal de seguridad, después policías, llevaron a Lizbeth a un cuarto que parecía ser la oficina de alguien, ahí le hicieron bastantes preguntas mientras un médico le revisaba la presión, un oficial preguntaba cosas que ella no respondía, no lograba entender las palabras que salían de la boca de aquel hombre, su mente seguía en el incidente, se culpaba por la muerte de aquella chica, sabía que de no haber sido por su valor, ella sería quien estaría muerta en ese instante.

No pasó mucho tiempo hasta que llegaron sus padres, estos habían sido llamados por Verónica, estaban muy angustiados, los oficiales les explicaron lo sucedido y todos fueron llevados a la delegación a brindar su declaración.

Apenas salieron de las instalaciones del metro se encontraron con una camioneta grande con las iniciales de SEMEFO, Lizbeth se sintió culpable y vomitó, el llanto vino a ella y no paró hasta llegar a su destino.

Estuvieron horas explicando lo sucedido, era claro que había sido un accidente, pero uno que había costado la vida de otra persona, en ese momento algunos oficiales intentaban dar con los familiares de la fallecida, pero no habían logrado nada, pasado un tiempo y después de prestar su declaración dejaron ir a Lizbeth y su compañía.

Los primeros días después del incidente, todos los que lo sabían (en el colegio y su familia), trataban a Lizbeth como si ella fuera portadora de alguna enfermedad mortal, con delicadeza, bajando el tono de voz con ella, siendo completamente tolerables, los maestros no tenían discusión con ella al mostrar sus demoras al llegar a clases.

Ella trataba de reponerse por lo sucedido, diario revisaba las noticias en busca de saber algo nuevo sobre aquella chica, quería saber de sus familiares o algo más, hasta el momento seguía en calidad de desconocida, se preguntaba si alguien la estaría buscando, si alguien la extrañaría.

Pasó alrededor de un mes, las cosas no cambiaron, las autoridades dictaron que, por la apariencia de la chica, viendo que no tenía identificación y que, pese a haber dado la descripción de ella y que nadie había acudido a reclamar el cuerpo, lo más probable era que se tratara de una persona en situación de calle.

Lizbeth sentía bastante remordimiento, ya en ese punto las demás personas habían vuelto a la normalidad, todos eran como antes, eso le incomodaba, no porque hubiera querido que todo se quedara en suspenso, sino porque se dio cuenta de lo efímera que es la vida, en un momento estás y al otro a nadie le importas, todo sigue su curso.

En una mañana, mientras desayunaba con algunas de sus compañeras, estalló de ira, fue algo que dijo Verónica.

- Pero tuvo suerte de que la chica haya sido una indigente, así no tendrá familia que la extrañe, o algún hijo al que deje sin madre, - ustedes saben – algún hermano o algo.
- Tienes razón, es más feo cuando tienen familia – dijo Arlette.

Lizbeth se paró y le dio un golpe a quien antes del incidente consideraba su mejor amiga.

Al estrellar su puño contra la cara de Verónica sintió una satisfacción como hacía tiempo que no hacía, recordó aquel día y a Verónica escondiéndose detrás de las personas, sonrió y se fue de ahí.

- Púdranse – dijo, sin mirar atrás.

Le irritaba no saber nada de su salvadora, no tenía ni la más remota idea de cómo averiguar algo, las autoridades habían conseguido alguna información, cada día lloraba de coraje y tristeza al pensar que todo eso había sido por su causa.

Después de cada comida y sin que sus padres lo notarán iba al baño y se producía el vómito, se miraba al espejo y veía su imagen, le daba asco.

Toda su vida había tratado de ser la niña perfecta, tener buena imagen, verse bien, ser popular, ahora veía el reflejo en el espejo y solo veía a una chica con el cabello teñido de rubio cenizo, un labial bastante caro y un maquillaje que trataba de ocultar sus ojeras de días, era muy bonita, o eso decían, pero ahora que importaba eso, ¿de qué había servido?

El ser popular no había hecho ninguna diferencia aquel día, aquella chica sucia y maloliente la había salvado, su cabello igual de un tono rubio, pero muy desgastado, su ropa maloliente, pero esa mujer era más de lo que Lizbeth jamás podría ser, y ella le había quitado la vida.

Cada noche subía a la azotea del edificio donde vivía, prendía un cigarro y se dejaba llevar por sus pensamientos, se preguntaba qué hubiera pasado si aquel día no hubieran tomado el transporte público, deseaba hacer las cosas de otra forma, aquella mujer seguiría viva, por supuesto, pero ella no habría entendido muchas cosas que ahora sí, se sentaba en posición fetal y lloraba algunos minutos, después trataba de estabilizarse y bajar, no quería sus padres la vieran así, luego de aquel día del incidente ella se había dado cuenta de que ellos realmente la querían, que se preocupaban por ella.

Ya habían pasado tres meses desde entonces, Lizbeth había perdido varios kilos, ya no se maquillaba como antes, sus ojeras habían crecido, cada noche le era más difícil conciliar el sueño, a veces mientras dormía, sin importar lo que estuviera soñando, de pronto venía la imagen de aquel convoy arrollando a la mujer anónima que la había salvado, eso la sobresaltaba y hacía que despertara bañada en sudor y con mucha ansiedad, lo cual le impedía volver a dormir.

En una noche, ella despertó de madrugada, lo sabía porque no se escuchaba ningún auto cerca o algún ruido proveniente de algún transeúnte, lo sentía, fue un animal lo que la despertó, se oía fuera del edificio, era un gato, este maullaba con desesperación, como si estuviera espantado, luego un gato más se unió al primero, después otro, Lizbeth se dio cuenta de que el lugar entero parecía estar rodeado de estos animales ya que el sonido que producían era bastante audible, aunque no le sorprendió que solo ella despertará, después de todo su ciclo de sueño era el más afectado en la casa y más por los recientes hechos.

Ella odiaba a aquellos peludos felinos, el sonido que provocaban la estresaban, no podía dormir ni pensar en nada más que aquel maullido, al darse cuenta de que no podría conciliar el sueño en un tiempo más decidió ir a la azotea y fumarse un cigarro, allá no llegaría el ruido.

Al subir se dio cuenta de que la vista era increíble, una noche preciosa iluminaba la ciudad, generalmente las estrellas, siempre escondidas, ahora lucían hermosas, a Lizbeth le dio un poco de calma y alegría poder contemplar tan bella escena.

- Quisiera hacer las cosas diferentes – pensó.

Ella se sentó en un borde del edificio, casi en la cornisa, dio una calada al cigarro que tenía en la mano, se permitió que el humo de este entrara hasta sus pulmones, lo retuvo ahí un instante y luego exhaló, dejando escapar todo el humo, una nube se formó frente su boca, más grande de lo que ella misma había fumado del cigarro, eso le asombró, quizá alucinaba, de pronto vio algo que le pareció irreal, eran muchos círculos brillantes muy cerca de ella, tenían un color amarillento, en cuanto el humo se disipó, pudo verlo mejor, un gato del tamaño de un perro se acercaba a ella, este era negro como la noche, tenía tres cabezas, era horripilante. Dos de sus cabezas tenían tres ojos y la de en medio, cinco. Era aterrador ver a aquella criatura, no dejaba de babear, tenía tres colas, sus garras eran afiladas, se acercaba con sigilo a Lizbeth, ella estaba completamente paralizada, pensaba estar alucinando, seguramente sería eso.

- No estás alucinando, querida – dijo una de las cabezas, la de la izquierda, tenía voz de mujer, pero muy chillona.

Lizbeth se desplomó en el piso, quería gritar, pero el aliento no salía de ella, en cambio solo tosió por el humo del cigarro.

- Tampoco estás drogada, ese es cigarro normal – dijo la cabeza de la derecha, su voz grave era como la de un hombre adulto.

No paraba de toser, empezó a llorar y a gatear en dirección contraria tratando de huir de esa criatura.

- Será mejor que te calmes, puedes despertar a algún vecino, no te haremos daño, venimos a ayudar, ¿es lo que quieres no? – la cabeza de en medio tenía una voz gruesa, pero su sonido era una combinación muy parecida a la de las dos anteriores, o quizá combinadas.

Aquella criatura rodeo a Lizbeth, parecía estar confundida ante su actitud.

- ¿Qué pasa?, creí que querías mi ayuda. – dijo la voz de hombre.
- No necesito tu ayuda, vete de aquí, lárgate, déjame sola. – Lizbeth sollozó.
- "Quisiera hacer las cosas diferentes" – la cabeza de la izquierda imitó la voz de Lizbeth.
- ¿Quién eres tú, qué eres y qué haces aquí? – Lizbeth se trató de incorporar.
- Un dios o un demonio – dijo la cabeza izquierda y después la derecha.
- Lo que sea que tú quieras – completó la cabeza de en medio – sé que hay algo que te atormenta por dentro, lo veo y puedo ayudarte, si es lo que deseas.

Lizbeth entendió de lo que hablaban, esa criatura sabía lo que ella pensaba y sentía respecto al incidente en el que se había visto envuelta, tragó saliva y preguntó.

- ¿Por qué crees que puedes ayudarme? – Aún había pánico en su voz.
- Porque nosotros vemos todo, podemos ir y venir a nuestro antojo por el tiempo, y de querer, podríamos ir a aquel día y evitar ese accidente – dijo la voz de mujer.
- ¿Y qué ganas tú?
- Claro que no sería algo caritativo, si quieres intentar cambiar lo que pasó, tienes que hacerlo tú, si crees que puedes. – la voz de hombre la miró de pies a cabeza – te llevaríamos con nosotros y tú tendrías que demostrar que tienes la fortaleza de querer salvar a esa mujer, después de todo se lo debes.
- ¿Y tú qué ganas? – Lizbeth repitió la pregunta.
- Ver qué sucede, si lo logras, será algo digno de contemplar, y si no, pues aun así lo disfrutaremos – contestó la cabeza de en medio.

Ella pensó en todo aquello que estaba sucediendo, sentía que estaba alucinando, quizá todo eso era un sueño, era irreal, incluso había perdido el miedo a esa extraña criatura, y su alergia no parecía estar presente, pero sentía el frío de la noche, el viento recorrer su piel, podía oler el aroma del cigarro impregnado en su pijama.

Eso era real, no tenía que pensar demasiado, aceptaría; si existía una posibilidad, aunque fuera muy remota, de salvar a aquella chica, aceptaría.

- De acuerdo, ¿qué tengo que hacer? – preguntó.

La criatura se sentó frente a ella, la miró fijamente a los ojos y a los pocos segundos Lizbeth cayó dormida.

Lo primero que sintió fue algo muy áspero recorriendo su rostro, parecía una lija o algún tipo de peine que la frotaba, esto fue lo que la hizo sentarse, al hacerlo se encontró ante la imagen de aquel gato con tres cabezas, este la lamía para que recobrará la conciencia, Lizbeth se sobresaltó ante la impresión, se incorporó rápidamente y observó dónde se encontraban.

Era una especie de cueva, grande y muy húmeda, se dio cuenta de ahora se encontraba desnuda, tenía bastante frío, el lugar estaba oscuro a excepción de una luz que se veía al final del camino que se abría ante la cueva.

- ¿Dónde estamos? – preguntó Lizbeth.
- Es un portal, o el camino para llegar a él, para que podamos llegar al día en el que el evento pasó. – la cabeza de en medio hablaba mientras las otras dos se lamían el cuerpo.
- Pero no puedo desaparecer así nada más, mis padres se preocuparán, se pondrán histéricos, tengo que planearlo más, debemos regresar.
- No te preocupes por eso, mientras hablamos, ellos duermen profundamente, quizá ni noten tu ausencia mientras tenemos este viaje. – el gato empezó a rascarse detrás de una de sus cabezas – entre más pronto te des prisa, más rápido terminará todo.
- Solo tienes que llegar hasta donde termina el camino, al finalizar te encontrarás en el día el cual deseas cambiar, vamos sígueme. – dijo la cabeza con voz de hombre.

La criatura empezó a avanzar rápido por el camino, lo hacía sin mirar detrás por si venía Lizbeth, ella apenas podía caminar, la visibilidad era muy poca, el piso estaba cubierto por piedras muy afiladas, empezó a sentir dolor en la planta de los pies, se dio cuenta de que estaba sangrando, pero tenía que seguir. Siguió avanzando con dificultad y fue notando que el camino se iba haciendo cada vez más estrecho, el camino era más largo de lo que parecía.

- Tienes que apresurar el paso, no me gusta esperar. – dijo la cabeza con voz de mujer.

Lizbeth sintió un dolor intenso a la altura del tobillo, este la hizo ponerse de rodillas, trató de ver qué fue lo que lo había ocasionado, cerca de su pie vio un escorpión negro, este la había picado, empezó a sentir un adormecimiento en la zona, se le dificultó pararse, pero con mucha dificultad lo logró, tropezaba al caminar, pero sabía que no podía dar marcha atrás. Giró la vista y vio que había aún más escorpiones, de diferentes tamaños, algunos con colores exóticos, el camino se convirtió en un pequeño pasaje por donde solo podría pasar una persona en cuclillas, Lizbeth se puso de rodillas, después empezó a gatear y avanzó abriéndose paso con sus manos, apartando las rocas para no lastimarse las rodillas, notó que ahí había más animales, cucarachas, serpientes, arañas y los ya vistos escorpiones, ella reprimió un grito, se quedó paralizada, sintió que algo descendía en su espalda, eran unas patas, peludas y largas, no tuvo que girarse para saber que era una tarántula, una gota salió de su rostro y vio que cayó sobre un ciempiés, el lugar estaba infestado de alimañas.

Presa del miedo, se dejó caer aplastando a algunos animales, sintió como era mordida y picada por algunos, ella no podía hacer nada por apartarlos, no tenía suficiente espacio, pronto sintió sobre su piel el contacto con la las escamas de una serpiente, era bastante fría, esta se deslizó desde su cadera hasta su entrepierna, después la mordió.

Gritó y lloró, tenía pavor, todos esos animales estaban alrededor de su cuerpo, no había ninguna zona de su cuerpo que no estuviera en contacto con alguno, quizá no habían pasado más de cinco minutos, pero para ella parecía algo eterno, estaba mareada, tenía ganas de vomitar, sentía que se desmayaría, pero no lo permitiría, alguien había dado su vida por ella, tenía algo que terminar, no podía acabar ahí, alzó la vista y vio a la criatura que la había llevado a esa cueva, la miraba con curiosidad.

- Te estás demorando demasiado – dijo la cabeza de en medio.

Lizbeth se arrastró más, sintió otra mordedura, esta vez en su pierna derecha, no supo qué la originó y no importaba, llegó al final del camino, había una luz brillante, la atravesó y salió de la cueva.

- ¿Dónde estamos? – preguntó, con lágrimas en los ojos.

La noche estaba despejada, en algún lugar sonaba música, el aire era frío y hacía que sintiera frescura en las heridas provocadas por las alimañas, vio que cerca de ella estaba un tendedero donde había ropa, tomó lo que creyó lo quedaría más a la medida, y aunque un poco holgada, pero se sintió más cálida.

- Lo hicimos, logramos llegar al día en que todo ocurrió – dijo la cabeza con voz de mujer.
- Estamos frente al edificio donde se presenció, si quieres evitar todo, tienes que irte ya – dijo la voz de hombre.

No tuvo que escucharlo dos veces, Lizbeth salió corriendo de ahí, desde donde estaba, había visto la entrada al metro, eso era suficiente, bajó con rapidez, no le importaba ir descalza, o que los pies le dolieran, tenía que parar aquello, en cuanto vio la entrada al subterráneo saltó por los torniquetes burlando la seguridad, nada la detendría. Llegó al andén, estaba cansada por aquella maratón que había corrido, se preguntó a sí misma si había llegado a tiempo, cuando a lo lejos vio a dos chicas, una con disfraz de monja, la otra de catrina. Suspiró, lo había conseguido, ahora tenía que evitar que se acercara demasiado al andén, impediría que cayera, al hacerlo su heroína no tendría que descender en su ayuda, eso frenaría los eventos que le seguirían.

Había demasiada gente, le fue difícil abrirse paso entre la multitud, sentía que el corazón le saldría del pecho por la intensidad de sus latidos, la fatiga estaba golpeando su cuerpo de una forma violenta, sabía que pronto caería desmayada, tenía que apresurarse.

Estaba cerca de Verónica cuando vio su reflejo en el vidrio que cubría un extintor, lo que vio la paralizó, era la imagen de la misma mujer que la había salvado en aquella ocasión, entendió que en ese momento le hubiera sido imposible darse cuenta por la circunstancia, pero definitivamente era ella, después de eso había bajado de peso y era obvio que había descuidado su aspecto y al emprender esa pequeña travesía, su ya imagen acabada, se veía ahora mucho más demacrada, entendió de golpe lo que había ocurrido, dio un paso atrás y vio a aquel ser con aspecto felino.

- Vaya, que te tardaste en dar cuenta – dijo la cabeza con voz de mujer.
- No puede ser, yo, no, esto no es real… - Su voz era apenas audible.

Lizbeth trataba de negarse a sí misma lo que ahora sabía, "yo no puedo ser esa persona", pensó.

- Entonces no lo seas, no vayas – dijo en tono burlón la voz de hombre.

Algunas personas veían extrañados a Lizbeth, ellos no veían a aquel ser y a su parecer ella estaba hablando sola, estos solo la ignoraban y pasaban de largo.

La criatura esquivó a las personas y se puso en las vías del metro, a la altura de donde estaba Verónica, ahí se acostó un poco.

Lizbeth tembló de miedo al ver esto, sabía que ella en el pasado había visto un gato, mientras que Verónica fue incapaz de hacerlo, -" así que eras tú maldito, tú me hiciste mirar y por tu culpa caí" – pensó.

Se acercó para impedir que su "yo del pasado", pero era demasiado tarde, ya había resbalado, desde ahí se había convertido en una observadora más de aquel espectáculo que se abría. Lizbeth, sabiendo lo que pasaría, vaciló en tirarse a las vías y ayudarse a sí misma, pero le aterraba el no saber lo que ocurriría de no hacerlo, después de unos segundos bajó y se ayudó a incorporarse, con bastante dificultad se cargó y pudo lograr subir a su yo del pasado al andén, en cuanto lo hizo, el convoy llegó, el golpe fue seco, apenas lo sintió, la muerte llegó rápida para ella, lo último que vio fue el brillo de los ojos del gato que ahora ya se encontraba en el andén, justo al lado de ella.

- No me canso de esto, en serio, no me canso de todo esto. – dijo la cabeza con voz de mujer.
- Aun así debes pagar la apuesta -. respondió la voz de hombre – hizo lo mismo que la última vez.
- Y lo haré, siempre cumplo – respondió – solo dije que no me cansaba de verlo.
- No sé porque sigues apostando que tomará otra decisión, ya hemos visto esto infinidad de veces y sigue tratando de salvarse – la cabeza de en medio se veía Irritada.
- Es divertido – respondió la voz de mujer.

La criatura observó el cadáver de Lizbeth, bostezó, buscó un sitio alto cerca de donde estaba, se enroscó y empezó a dormir.

SIMÓN DICE

- ¿Por qué papá no vino de nuevo? – preguntó Diego.
- Quizá haya trabajado hasta tarde, su trabajo es muy demandante – explicó su madre mientras lo abrazaba.
- Pero ya tiene mucho que no lo veo.
- Mañana haremos algo divertido, ¿ok? Solo tú y yo, además es un día especial, será tu primer día de clase, saldremos a pasear cuando regreses de la escuela, es una promesa.
- Sí mamá, esperaré con ansias. -suspiró con tristeza.

Diego asistía a una escuela nueva desde hace un año atrás, su madre y su padre se habían divorciado y ahora tenían que vivir en la casa de su abuela, esto no le molestaba a Diego, él era un niño muy bueno y lo entendía tanto como su capacidad se lo permitía, sabía que, si bien las cosas entre sus padres no habían funcionado, era mejor estar separados, pero le dolía el haber tenido que cambiarse de casa, había dejado atrás a sus amigos, su escuela, todo lo que conocía y, sobre todo, a su padre.

Ahora vivía en un pueblo muy tranquilo, era bonito y había bastantes árboles, la escuela estaba cerca de casa e incluso podía ir él solo hasta ella, sin necesidad de que lo acompañaran, con sus diez años, ya se sentía un gran niño.

Diego tenía que ir a la escuela, sería su segundo año en ese colegio, no le gustaba mucho, desde que llegó ahí todos lo trataban diferente, porque sabía menos que ellos, porque tenía un poco de sobrepeso, y porque, como decían, él no tenía papá, eso le ponía muy triste, y aunque trataba de hacerse fuerte eso, a veces, le hacía llorar.

Al entrar a su salón notó que todos estaban platicando de lo que habían hecho en sus vacaciones, había muchos grupos de amigos presumiendo sus viajes a lugares exóticos o hablando de lo bien que la habían pasado, él no tenía nadie con quién hablar y si así fuera, no tendría de qué hablar, no había hecho nada interesante, su madre tenía que trabajar y él no había salido de vacaciones; de nuevo, la tristeza vino a él.

Cuando la maestra, de nombre Esperanza, una joven de unos veinticinco años, alta, con grandes rizos, entró, Diego se alegró un poco, y no es que ella fuera su amiga, había veces en las que Alberto y Luis, los niños más grandes del salón le hacían bromas pesadas a Diego o le hacían burla e incluso la maestra se reía, pero que estuviera ahí significaba que las clases comenzaron y entonces el día avanzaría rápido.

Estaba ansioso por comenzar, le gustaba mucho el estudiar, siempre que recibía buenas notas sus padres se enorgullecían de él, y eso le hacía sentir feliz, así que el daba lo mejor de sí.

La maestra Esperanza pidió que hicieran silencio y todos obedecieron, les dijo que les presentaría a un nuevo compañero que se integraría a estudiar con ellos, pidió a un niño que estaba en la entrada que pasará y todos asombrados miraron para ver quién sería.

Cuando el niño entró, se escucharon varios cuchicheos de los niños en el salón de clases, y no estaba de más.

- Serías tan amable de presentarte ante los demás, por favor – pidió la maestra Esperanza al niño nuevo.

Todos observaban al niño, era muy flaco, tenía el cabello todo alborotado, y unas grandes ojeras para su edad, pero lo que más resaltaba en él era una muleta canadiense con la que caminaba, cada que daba un paso, parecía dolerle demasiado la pierna derecha.

- Mi nombre es Simón.
- ¿Qué te pasó en la pierna? – preguntó Irma, prima de Luis.

La maestra estaba a punto de decirle a Simón que no contestara, que no era necesario, pero este se adelantó.

-   Tuve un accidente y no puedo caminar bien, por eso mis papás se divorciaron y ahora mamá y yo vivimos aquí. – Su mirada era nostálgica.

Todos, incluida la maestra, quedaron en silencio, Simón inspeccionó rápido el aula y se sentó en la primera banca que vio vacía, está estaba al lado de Diego.

La maestra empezó a dar la clase y el día continuó normalmente.

A la hora del recreo, Luis se acercó a Simón y le invitó a jugar fútbol con ellos.

-   Eso es tonto – dijo Diego – no ves que tiene lastimada su pierna.
-   Dije Simón, no Diego, además, tendremos cuidado, tú no estás invitado.

Al terminar de decir eso, arrojó al piso el cuaderno de Diego y se giró para oír la respuesta de Simón, este se incorporó y ayudó a recoger la libreta de Diego.

-   Yo pensaba más bien en conocer un poco la escuela, no sé ni dónde está el baño – le entregó la libreta a Diego.
-    Diego, ¿me acompañas a conocer la escuela?
-   Claro … -dijo Diego

Luis estaba bastante furioso, pero no dijo nada y se fue con sus amigos a jugar fútbol.

Diego le mostró a Simón dónde estaban los baños, el área de juegos, las canchas de fútbol, y hubiera querido enseñarle más, pero Simón le dijo que se había cansado, quería descansar un poco, así que se sentaron y empezaron a platicar.

- ¿Cómo era tu anterior escuela? – preguntó Diego - ¿la extrañas?
- Como esta, como todas, con niños, maestros, libros, realmente no extraño nada de allá, no es la primera vez que nos mudamos, así que ya me acostumbré.
- Creo entenderte, yo también me he mudado, pero yo sí extraño a mi escuela, allí tenía amigos, aquí me es difícil.
- Entonces seamos amigos, ¿está bien?

Diego se sentía realmente feliz, sería el primer amigo que haría desde que llegó ahí.

En la tarde fue con su madre a comprar golosinas y a comer un helado al centro, después fueron a casa y vieron películas hasta que fue la hora de dormir, ese había sido un buen día.

Los días pasaban y la amistad de Diego y Simón iba creciendo, en el recreo no solían jugar, ya que Simón decía que le dolía su pierna, pero pasaban el tiempo platicando de anécdotas de sus escuelas pasadas, al parecer, Simón era el líder de su anterior grupo de amigos, le había contado que en una ocasión se habían metido en una casa abandonada donde según decían que espantaban, y aunque esto no era verdad, lo cierto fue que tuvieron que correr bastante por un perro que había ahí.

A Diego le encantaba oír esas historias, como en otra dónde habían peleado contra un grupo de niños unos años más grande que ellos y habían salido victoriosos, todo eso antes que Simón se lastimara la pierna, le gustaba estar en compañía de su nuevo amigo, cada día al terminar las clases, su madre iba por él al colegio. Era una mujer más joven que la mamá de Diego, y también era muy agradable, cuando la conoció esta le dijo que él era un niño muy educado y respetuoso, que le agradaba que fuera amigo de su hijo.

La abuela de Diego fue la primera en ver el cambio de ánimo que provocaba la presencia de Simón en la vida de su nieto, y como presente, decidió mandarle unas galletas. Pero cuando Diego llegó y quiso entregar las galletas se dio cuenta de que Simón no estaba.

- Maestras, ¿y Simón?
- Faltó por enfermedad, ahora siéntate que vamos a iniciar la clase.

Todos en el salón empezaron a hablar, pero fue Alberto quien dijo algo que hizo que todos le pusieran atención

- Yo escuché a una señora decirle a mamá que fue el propio padre de Simón quien le rompió la pierna, que por eso ahora está en la cárcel.

La maestra miró con seriedad a Alberto

- Esas cosas no se dicen, y esas son pláticas de mayores – luego se dirigió a todos- a ustedes no les tiene que interesar eso, ahora vamos a trabajar.

Eso no hizo más que incrementar la curiosidad de todos, en el recreo Alberto estaba rodeado de todos los niños del salón quienes pedían contara lo que sabía, al poco tiempo ya se decían varias versiones del porqué Simón estaba lastimado.

Diego se acercó a Alberto, quien seguía rodeado de sus amigos, incluido Luis y con firmeza le dijo:

- Creo que no debes hablar más de ese tema. Ya te lo dijo la maestra.
- ¿Por qué debo dejar de hacerlo? – Alberto se puso frente a frente a Diego.
- Porque mañana vendrá Simón y si escucha eso se pondrá triste.
- Pero si yo solo digo la verdad, y si fuera mentira, no tendría por qué afectarle.

Diego se molestó tanto de que no entendiera lo que trataba de decirle, que hizo algo que antes hubiera sido imposible de siquiera pensarlo, con todas sus fuerzas empujó a Alberto y este cayó de espaldas sorprendido, pero Luis ya había bajado y le dio un golpe en el ojo izquierdo.

Diego estaba furioso, hubiera seguido peleando, pero un maestro pasó y detuvo la pelea, todos dijeron que el que inició fue Diego y lo mandaron a la dirección, después de una reprimenda lo mandaron a su salón.

Al llegar a casa y ver el ojo inflamado de Diego se sobresaltaron un poco, pero este les dijo que había sido jugando fútbol y le creyeron, así que no se habló más del tema, Diego se sentía mal de mentirle a su madre, pero no quería que supiera que estuvo en una pelea, no quería preocuparla.

Al día siguiente, Simón tampoco fue a la escuela, Diego estaba muy triste, no solo por ausencia de su amigo, sino porque los demás compañeros no le hablaban, decían que él había iniciado el pleito del día anterior y se portaban bastante groseros con él.

A Diego le ayudaba el pensar que ese día era viernes, pronto acabaría la semana, al día siguiente iría su padre a verlo y estaría con él todo el día, le preocupaba que lo viera con el ojo golpeado, pero pensó que quizá así su padre querría enseñarle a pelear, quizá así no lo golpearían más.

A la mañana siguiente, despertó lleno de energía, estaba esperando que llegara ese día, siempre era así, sin importar qué tan mal la hubiera pasado, el ver a su padre siempre le hacía sentir feliz, tenía muchos planes para hacer con su padre por si él no tenía algo planeado, podrían jugar fútbol, ir a pescar, a andar en bicicleta, muchísimas cosas.

Pero el tiempo pasaba y su padre no llegaba, Diego esperaba cerca de la puerta, corriendo a asomarse por la ventana cada vez que oía algún coche o persona cerca, pero no era papá.

Quizá venga tarde, quizá tuvo que trabajar, quizá, quizá no me quería verme, pensó Diego.

Las lágrimas comenzaron a salir, poco a poco el sollozo se convirtió en llanto, la madre de Diego se acercó y abrazó al pequeño.

- ¿Papá no me quiere? – preguntó Diego.
- No es eso corazón, ya tendrán tiempo después, ¿quieres salir? – preguntó mientras limpiaba sus lágrimas.
- No quiero hacer nada.

Ambos vieron películas junto con su abuela, Diego abrazó toda la tarde a su madre, después de cenar fue a dormir. Ese fin de semana transcurrió con normalidad.

Diego se sorprendió bastante al ver a Simón en el salón de clase, estaba feliz de que hubiera vuelto, este estaba rodeado de varios compañeros que le preguntaban el motivo de su ausencia, él sabía que había tenido que ir al médico para ver lo de su pierna.

Cuando llegó la maestra Esperanza, estaba muy entusiasmada, les dijo a todos los niños que tenía una gran noticia.

- ¡Pronto haremos un viaje escolar, iremos a un zoológico y ahí aprenderemos bastante sobre los animales y su hábitat!

Todos los niños se pusieron felices y empezaron a hablar entre ellos, pronto el tema de la ausencia de Simón había pasado al olvido.

En el recreo los dos amigos hablaban sobre el viaje que sería pronto, cuando Simón preguntó.

- ¿Ya me dirás que te pasó en el ojo?

Diego sabía que no tenía caso mentir, seguramente ya sabía la verdad, así que fue honesto.

- Tuve una pelea con Alberto y Luis, ellos hablaban de lo que te pasó en la pierna, quise que no dijeran más sobre eso y luego peleamos.
- No tenías que pelear con ellos, son unos tontos.
- Sabes, creo que hubiera ganado, si solo hubiera peleando contra uno de ellos a la vez.
- Estoy seguro que sí amigo, eres el niño más fuerte del salón – Simón se levantó con dificultad.

Diego se ruborizó al escuchar eso, y de pronto, decidió preguntar:

- Alberto dijo que tu padre fue quien te lastimó, que ahora él está en la cárcel.

- Así es, mi papá me pegó mucho y después de eso desperté en el hospital, ahora él está en prisión.
- ¿Por eso se cambiaron de casa? -diego estaba sorprendido.
- Así es, y no me molesta que los demás digan eso, gracias por defenderme, los amigos se cuidan entre ellos. – Simón le tendió mano a Diego – anda, vamos al salón.

Diego pensó toda la tarde en cómo debía sentirse Simón, él no podía imaginarse si su padre lo golpeara, con tan solo un regaño era capaz de herirlo demasiado, Simón debía sentirse muy mal.

Poco a poco fue entendiendo que Simón le caía bien porque era parecido a él, ambos vivían sin su padre, se habían mudado, no tenían amigos, por eso, él pensaba que eran muy parecidos.

Al día siguiente en el salón todos estaban felices, la maestra les entregó un citatorio para una junta que se haría al finalizar la semana, en ella se hablaría del viaje escolar.

Los niños estaban impacientes por ir a aquel viaje, sería maravilloso, mientras todos conversaban Simón le preguntó a Diego.

- Al salir del colegio, ¿podrías acompañarme un momento a un lugar cerca de aquí?
- ¿Al salir, tu mamá no vendrá por ti?
- Vendrá un poco tarde – explicó Simón – es solo que quiero mostrarte algo.

Cuando las clases terminaron se dirigieron a un costado de la escuela, no estaba a más de cien metros de ahí, tomaron una especie de vereda que iba desde el camino principal hasta un terreno baldío.

- Eso es… - Diego sentía miedo y tristeza por igual.
- Lo vi a lo lejos cuando iba a la escuela en la mañana, creí que estaba muerto, pero creo que no…
- A los pies de los niños había un perro agonizando, tenía varias heridas en el costado, parecía que había sido apuñalado, el perro se había estado arrastrando desde casi la mitad del terreno baldío, o eso pensó Diego al ver la mancha de sangre que este había dejado, vio también que las piernas del perro estaban rotas, quizá por eso no se había ido de ahí desde que lo vio Simón.
- Tenemos que llamar a alguien, está sufriendo mucho – Diego estaba suplicando.
- Tienes razón, está sufriendo mucho, pero no creo que pueda salvarse, detenme esto. – Simón le dio la muleta a Diego.

Diego estaba asimilando lo que pasaba, solo vio como Simón con bastante dificultad tomó del piso una piedra que se veía muy pesada, la levantó lo más que pudo y la dejó caer sobre la cabeza del perro, este último solo dejó escapar un quejido, al parecer no había sido suficiente, Simón repitió el acto, esta vez alzando la piedra un poco más alto, Diego escuchó el crujir del cráneo del perro al ser golpeado por la piedra, vio salir la sangre por los ojos y la boca del animal, Simón sacó un poco de papel que llevaba consigo en su mochila y se limpió la sangre que le había salpicado.

- Teníamos que hacerlo, Diego, solo estaba sufriendo – volvió a tomar su muleta – nosotros hicimos que dejara de sufrir.
- Pero… - Diego sabía que jamás olvidaría nada de lo que acababa de ver.
- Es lo que hacen los amigos, se ayudan en momentos difíciles.

Cuando llegó a casa, Diego estaba sin hablar, aquello que había pasado lo había impactado demasiado, se preguntaba si había sido lo correcto, si en serio eso hacían los amigos, él creía que un amigo debía hacerte sentir bien y él ahora no se sentía bien, su abuela le preguntaba qué es lo que pasaba y él no sabía si decir lo que pensaba o no, así que mejor optó por no hablar mucho.

Cuando llegó su madre le hizo una pregunta.

- Mamá, ¿qué es un amigo, ¿qué es lo que hace a una persona el ser tu amigo?
- ¿Por qué la pregunta, corazón?
- Simón dice que los amigos se ayudan cuando las cosas van mal.
- Pues yo creo que tiene razón, los amigos se ayudan en todo momento, en buenas y malas, para hacerte sentir mejor, cuando estás triste, cuando te sientes solo, pero también tú tienes que hacer lo mismo por ellos.
- Entonces creo que estuvo bien – pensó Diego- gracias, mamá.

Todos en el salón se llevaron una sorpresa al ver que la maestra Esperanza no estaba en el salón, al parecer había enfermado de varicela y no podría ir hasta que se recuperará, mientras tanto un maestro llegó para reemplazarla, Diego notó que era el mismo que lo había separado cuando peleó contra Luis y Alberto.

- Muy bien, niños, yo estaré a cargo en lo que su maestra se recupera, mi nombre es Eduardo, ustedes trabajen bien, no jueguen en clase y nos llevaremos estupendo.

El maestro Eduardo tenía fama de ser muy estricto, todos en el salón esperaban que el tiempo pasará y así pudiera regresar su maestra.

- Mañana no podré venir, tengo que ir al médico de nuevo. – explicó Simón a Diego.
- Está bien, si tú mamá llama a mi casa, yo le pasaré la tarea.
- Gracias, amigo.

Cuando Simón faltó, Diego se aburrió bastante, ya se había acostumbrado a su presencia, en el recreo no tenía con quién comer o conversar, y como los demás niños no le hablaban, él prefería quedarse en el salón. Se sorprendió cuando Alberto y Luis entraron.

Luis se sentó en una silla que estaba del lado izquierdo a Diego, Alberto en una que quedaba a su lado derecho, ambos empezaron a conversar como si Diego no estuviera.

- ¿A que no sabes de qué me enteré Alberto?
- ¿De qué, Luis? – preguntó Alberto, aguantando la risa.
- Dice mi mamá que Simón tenía un hermano pequeño, pero que el tonto de Simón lo llevó a jugar a un río cerca de donde vivían y su hermano se ahogó.

- Qué feo, ¿tú sabías eso, Diego? – preguntó, girándose hacia Diego.

Diego se levantó muy rápido, se giró y le dio un solo golpe a Alberto, este no lo vio venir, después volteó para encontrarse con Luis, este aún no asimilaba lo que pasaba, era claro que no esperaban que Diego reaccionaría así, recibió dos golpes, uno en el estómago, otro en el ojo, luego lo derribó. Diego ardía de ira, de pronto vio que tenía a sus pies a sus dos agresores, se sentía poderoso, casi invencible, escuchó un grito, era una voz fuerte, sin miedo, casi animal.

- ¡Ya basta!

Diego fue consciente de escuchar su propia voz.

Cuando la madre de Diego entró a la dirección y vio a las madres de los otros dos niños tuvo una acalorada discusión con ellas, y la directora, al parecer el comportamiento de Diego últimamente había sido muy hostil hacia sus compañeros, el maestro había sido testigo de dos actos en contra de "otros pobres niños", la madre de Diego aceptó tener más firmeza a la hora de educar a su hijo, de no ser así, podrían incluso expulsarlo de la escuela. La trabajadora social, una joven llamada Fernanda, intervino por Diego y pidió que fueran un poco más considerables respecto a la situación, Diego estaba sufriendo aún de la separación de sus padres.

- ¿Por qué iniciaste esa pelea? – preguntó su madre al llegar a casa.
- No la inicié yo, ellos decían cosas de Simón, yo solo lo defendí…
- Mira, Diego, sé que estás molesto por lo de tu padre que …
- Esto no tiene que ver con papá – Diego comenzó a llorar.

- Tienes que dejar de meterte en problemas, ya tengo yo suficientes, no hagas eso Diego, por favor. – su madre se fue dando por acabada la conversación.

Diego se sentía mal, nunca había mentido a su madre, le dolía que no le creyera, ¿y por qué había mencionado a su padre?, quizá él le creería, ¿y por qué no había ido a verlo? Le dolía la cabeza de pensar tanto, estaba furioso, aunque una parte de él se sentía bien, sabía que ya no sería molestado por aquellos niños.

Al día siguiente, cuando Alberto y Luis vieron a Diego, solo agacharon sus cabezas, él sonrió. Los demás niños lo miraban con curiosidad, fue Simón quien lo recibió con alegría.

- Escuché lo de ayer, ¿estás bien?
- Sí, mira, sé lo que dicen, yo no inicié la pelea.
- Lo sé, Diego.
- ¿Qué? – Diego no creía lo que escuchaba.
- Que sé que tú no iniciaste la pelea, te conozco, no serías capaz, soy tu amigo, te creo.

A Diego le agradó bastante escuchar eso, era el único que le creía, eso era un amigo, sonrió para sí mismo, después de pensarlo, estuvo a punto de preguntarle sobre lo que habían dicho Alberto y Luis sobre su hermano, quizá le diría la verdad, pero el maestro Eduardo entró al salón.

- Tú, niño, quiero que te sientes aquí, no te quitaré la vista de encima. – le dijo a Diego.

Se sentó justo frente al escritorio, era realmente incómodo estudiar con la mirada del profesor puesta solo en él.

- Niños, hoy haremos educación física, cada quien escoja a una pareja.

Diego estaba a punto de escoger a Simón, como era costumbre, la maestra Esperanza solía ponerlos en equipo, a Diego no le iban bien los deportes, y a nadie le gustaba estar en su equipo. Simón, por otra parte, le era difícil hacer cualquier actividad por su pierna, aunque a él le gustaba participar, eran la pareja adecuada.

Por eso todos se extrañaron cuando el maestro Eduardo puso en equipo a Diego con Alberto y a Luis con Simón.

- Jugarán carreras a tres pies.

Una vez hechas las parejas se ataron a la altura del tobillo, con un trozo de tela. La pierna derecha de un jugador con la izquierda del otro.

Cuando todos estuvieron atados, se trazó una línea de salida y otra de llegada (meta).

La carrera estaba a punto de iniciar, eran veinticuatro niños en el salón, doce rondas en total, la primera sería entre los amigos, el maestro silbó y los cuatro niños empezaron a correr.

Apenas habían avanzado unos metros cuando Simón y Luis cayeron al piso, se escuchó un grito de dolor de Simón, pero nadie paró la carrera, todos pedían que Alberto avanzara, el maestro gritaba que corrieran. Diego escuchó a Luis gritarle a Simón, le decía que era un tonto por caer tan pronto, él quería ir y ayudarlo a levantarse, pero el maestro le gritaba que avanzara, si no lo reprobaría. Diego escuchó la voz de Simón.

- Corre, amigo.

Entre más pronto acabara la carrera más pronto podría ayudar a su amigo, corrió con Alberto rumbo a la meta y quiso darse la vuelta para ir por su amigo.

- Oye, no te quites la tela, aún no acabamos. – dijo el maestro – pasaron a la siguiente ronda
- Pero, Simón…

- Ahora están a tres piernas, donde vayas tú, irá tu compañero.

Diego miró a Alberto con súplica, para que fueran a ver a Simón, pero este no hizo ningún ademán de querer moverse, empezó a conversar con el maestro e ignoró a Diego.

Las carreras continuaron, los ganadores fueron Jaime y Laura, fue entonces cuando se pudieron quitar toda la tela, Simón se veía muy adolorido, pero en ningún momento se quejó con nadie.

- Muy bien, todos hicieron un buen trabajo hoy, espero sigan así, ya casi es hora de irnos, vayan al salón y acomoden sus cosas. – les dijo el maestro – no olviden que mañana tienen que traer sus permisos firmados para el viaje escolar.

Toda la tarde Diego estuvo pensando en lo mal que se había portado el maestro con Simón, sabía que lo había hecho al propósito, no había duda, si hubiera puesto a Simón con Beatriz, con Eugenio, con Laura, ellos habrían sido considerados, pero no, tuvo que ponerlo con Luis. No le agradaba nada ese maestro.

- ¿Qué tanto piensas corazón? – preguntó su madre.
- Extraño a la maestra Esperanza.
- Creí que no te caía bien.
- Pues es mejor que el de ahorita.
- No todas las personas pueden caernos bien, tenemos que vivir con eso, - le dio un beso en la mejilla – anda, ve a dormir.

Diego se puso muy triste al saber que Simón no iría al viaje escolar, tenía muchas ganas de que su amigo fuera, a decir verdad, no sé imaginaba ese viaje sin él.

- Es por mi pierna, ahí caminarán mucho y no podría aguantar, además me lastimé un poco con lo de ayer – explicó Simón.
- Odio a ese maestro – Diego sentía bastante ira.
- No tienes por qué, no le des importancia, ve y diviértete.
- No sé, si tú no vas no creo que sea muy divertido, además estoy seguro que el maestro Eduardo solo me molestará.
- No creo que ese sea un problema – Simón sonrió – mostró en su lonchera unos bombones decorados con chocolate. Se veían deliciosos, estuvo a punto de pedirle uno, pero Simón se lo impidió.
- No son para nosotros, son para él.
- ¿Para quién? – preguntó Diego.
- Para el maestro.
- Aquel día en educación física, Luis me dijo que al maestro le gustaba la señorita que trabaja en la dirección, y ella se los mandó.
- ¿Ella se los mandó?
- Ajá – Simón tenía una sonrisa muy rara en su rostro.

En el recreo, cuando todos jugaban fuera, los dos niños se quedaron dentro del salón, Simón puso los bombones en el escritorio del maestro, en ellos había una nota:

De: Fernanda

Para: Eduardo

Después de dejar aquel regalo, ambos niños salieron al patio.

- Es para no levantar sospechas – explicó Simón.
- ¿Sospechas de qué? – Diego no sabía qué había pasado.
- Ya verás.

El recreo terminó, todos regresaron al salón, el maestro entró y vio extrañado lo que había en el escritorio, preguntó a los niños si alguien había visto quién lo había dejado ahí, nadie respondió, el maestro leyó la nota y sonrió.

Tomó un bombón y lo llevó a su boca, acto seguido, corrió hacia el bote de basura escupió y salió bastante sangre, el maestro empezó a toser y la sangre salía a borbotones, algunos niños estaban paralizados, otros solo lloraban al ver tan grotesca escena. Diego volteó a ver a Simón, pero este no tenía expresión alguna, solo miraba indiferente al maestro, le recordó a la mirada que puso aquella tarde, cuando aplastó al cráneo del perro.

Un niño corrió al salón contiguo y pidió ayuda a otro maestro, pronto el maestro Eduardo fue llevado a la enfermería. Todos hablaban de lo que había pasado.

La directora llegó al salón, era una señora de unos cuarenta y cinco años, estaba acompañada por la señorita Fernanda, ambas preguntaban sobre quién había dejado el paquete, nadie sabía, nadie había visto nada. La directora vio de cerca los bombones, que estaban llenos de pequeñas agujas, muy filosas y se veían en un estado muy sucio, quien fuera que hubiera hecho eso, estaba en problemas.

Diego sabía que era algo grave, pero no habló, no quiso meter en problemas a su amigo, oía decir a la directora expulsión, policía, investigación, cosas así. Todos estaban en shock.

Por medio de celular se convocó a una reunión a los padres que pudieran ir, ahí se les explicó lo que había sucedido, incluso había un policía presente, alguien había colocado agujas de jeringas rotas dentro de los bombones, pero eso no era todo, estas agujas se habían expuesto a algo que estaba en estado de descomposición, Diego recordó de nuevo aquel perro, se preguntó si Simón hubiera sido capaz de dejar las agujas un tiempo en él, para que estas tomarán algún tipo de infección o enfermedad. El maestro tenía la boca bastante herida, aún no sabrían más detalles, pero tenían que esclarecer lo que había pasado, algunos niños decían que otros alumnos de grado superior habían entrado y dejado eso, otros decían que el maestro había llegado con eso, Luis y Alberto no dejaban de mirar a Diego, él temía que supieran algo, afortunadamente no dijeron nada.

Al final nada se resolvió, seguirán investigando, en los días siguientes llamarían a cada uno de los niños a la dirección y preguntarían si habían visto algo al respecto, el viaje escolar si se realizaría, aunque iría otro maestro, todos hablaban de lo sucedido.

Aquel día Simón y Diego no pudieron hablar más, se fueron cada quien con su respectiva madre.

- ¿Tú no viste nada raro? – preguntó la madre de Diego.
- No, ¿por qué me preguntas a mí? – se puso a la defensiva.
- Pues porque es tu maestro, pasó en tu salón. Eso que pasó debió ser muy difícil de ver, si quieres hablar aquí estoy, ¿ok?
- ¿Papá vendrá este fin de semana? – Diego cambió la conversación.
- Apenas hablé con él por teléfono, no podrá, pero te manda muchos saludos y abrazos, está feliz porque sacaste buenas calificaciones, dice que te ama.
- Genial…

El día lunes empezaron los interrogatorios, pasó el turno de Diego y se sorprendió al ver que no era como él pensaba, tenía miedo de que le preguntarán muchas cosas como en las películas, pero no fue así, más que nada querían saber si vio a algo o alguien con él regalo, si algún estudiante era grosero con el maestro, nada que no hubieran preguntado el otro día.

Cuando habló con Simón, él hizo las preguntas.

- ¿Por qué lo hiciste?
- Tú decías que lo odiabas, además era muy grosero contigo. – explicó Simón.
- Sí, pero no era necesario, eso fue mucho, está mal.
- Y también me lastimó, aquel día, en educación física. Solo le devolví el favor.
- Pero eso es ir muy lejos.
- Los amigos se protegen, él era malo contigo y conmigo.

Los niños estaban impacientes por el viaje escolar, ya casi habían olvidado a su maestra Esperanza y al maestro Eduardo, el viaje sería el día viernes, la mayoría iría a excepción de Simón y de Susana, la prima de Luis, quien también se había enfermado de varicela.

- En serio quisiera que fueras amigo – le dijo Diego.
- Mejor tú deberías quedarte.
- ¿En la escuela?
- No bobo, ¿sabes?, he tenido una idea, tú me habías dicho que el día del viaje tú vendrías solo desde tu casa, porque tú madre trabajaba, ¿no es cierto?
- Ajá.
- Y ya tienes tu permiso firmado…
- Ajá – Diego seguía sin entender.
- Yo digo que nos fuguemos, tendríamos todo el día para hacer lo que queramos. – Simón sonrió.
- Sería muy chistoso – Diego sonrió.
- Lo digo en serio amigo, podríamos hacer lo que sea, ¿qué te gustaría?
- Mi mamá me regañaría mucho.
- No, si no se entera, - Simón seguía sonriendo – vamos, ¿qué es eso que has querido hacer desde hace tiempo y no has podido?

Diego pensó, no hizo falta esforzarse mucho, las palabras salieron fácilmente.

- Ver a papá… - dijo con voz entrecortada.
- Pues hagámoslo, vayamos a verlo, si él no viene, vayamos a verlo.

Diego sonrió, le agradaba su amigo, su actitud, era su mejor amigo, su único amigo.

- Hagámoslo – Diego sonrió.

El día del viaje escolar llegó, la madre de Diego se fue antes que él, le pidió se divirtiera mucho y se portara bien, él asintió.

Diego se fue rumbo a la escuela, pero giró antes de llegar, se encontró con Simón en el terreno baldío como habían acordado.

- ¿Estás seguro de que funcionará? – preguntó Diego.
- Sí, le dije a mi madre que vendría a la escuela, que nos habían dado la opción de venir a los que no queríamos ir al viaje, y tú ayer le dijiste al maestro que no irías al viaje, todo irá bien.
- Ok, pues vamos.

Diego se sorprendió de lo bien que se sentía al viajar con Simón, eran dos niños haciendo un viaje de una hora solos, se sentía como un adulto, los demás los veían extrañados, pero nadie les decía nada, ambos agradecían el no haberse encontrado con ningún conocido, de haberlo hecho su aventura habría terminado antes de comenzar.

Diego y Simón pidieron un taxi, le dieron la dirección para ir a su hogar y este los llevó, Diego no preguntó de dónde había sacado el dinero Simón para aquella aventura, realmente no le importaba, solo le gustaba.

Al llegar al destino, y contemplar la casa de dos pisos, grandes ventanas y un hermoso patio, Diego se sentía realmente nervioso, no sabía cómo reaccionaría su padre al verlo, tal vez se enojaría, tal vez no estaría en casa, eso no le había pasado por la cabeza, quizá su padre no estaría en casa a esa hora.

- Creo que es mejor que nos vayamos – le dijo a Simón.
- No, vamos, es tu padre, estará feliz de verte.
- No lo sé Simón, no nos tardamos tanto en llegar…
- Exacto, podrás verlo y aún tendremos tiempo de hacer algo más. – Simón estaba entusiasmado.
- No es eso, no estamos tan lejos, y él, él no me va a ver…

Simón entendió a lo que se refería Diego, se acercó y lo tomó del hombro.

- Vamos, será mejor irnos. – le dijo a su amigo.

De pronto oyeron un ruido, alguien saldría por la puerta, ambos se sobresaltaron, y se hicieron a un lado, se escondieron detrás de un arbusto muy grande. Lo que vio Diego, lo dejó paralizado.

Una mujer salía de la casa, era alta y delgada, el cabello hasta la cintura, detrás de ella venía su padre, él sonreía e iba tarareando una canción, en sus brazos llevaba un bebé, le sonreía y le daba besos de vez en vez. Abordaron un auto y se fueron.

Diego rompió en llanto, no tenía ni idea de aquello.

- Por eso no iba, él ya tiene otra familia, yo sabía que ya no me quería, nos cambió.

Simón estaba callado, solo tenía su mano en el hombro de Diego y miraba partir a lo lejos el auto de aquella familia.

Esa tarde, Diego confrontó a su madre.

- ¿Tú sabías que papá tenía otra familia?

- ¿Qué si yo, tú cómo es que? – su madre estaba realmente confundida.
- ¿Lo sabías? – de nuevo el llanto.
- Sí, pero eso significa que no te quiera, ahora él tiene que trabajar más para ocuparse de su familia y de ti, sé que parecerá difícil pero aún está al pendiente de ti, él trabaja mucho, y odio que no pueda cumplir sus promesas y venir, pero …
- No, mamá, él no me quiere, él quiere a su nuevo hijo, nos cambió, ¿es que no lo ves?

Diego corrió a su habitación, su madre tomó el teléfono, era tiempo de llamar a su ex esposo, tendrían que hablar con Diego. El sábado por la mañana llegó el padre de Diego, tenía una mirada cansada, la mirada que tiene un hombre que no ha podido dormir por pensar en toda la noche una explicación de cómo decirle a su hijo que le ha estado ocultando algo crucial.

Los tres hablaron por horas, Diego lloraba, después su madre, después su padre, luego el ciclo se repetía, su padre no era una mala persona, solo un mal padre, quien, según decía, intentaría compensarlo. Diego acabo entendiendo o eso quería creer, la conversación se vio interrumpida cuando el celular de su padre sonó.

- Voy para allá – dijo sin aliento – lo siento, me tengo que ir.
- ¿Ahora? – preguntó la madre de Diego con cierto recelo.
- Mi casa, está en llamas – y salió corriendo.

Al anochecer, Diego supo por su madre que la planta baja de la casa de su padre había sido consumida por las llamas, desafortunadamente en el momento en el que fue el incendio, el bebé y la madre de este dormían una siesta y les fue imposible salir de la casa, ambos murieron lentamente hasta ser devorados por las llamas.

Diego sentía pena por las personas que solo había conocido por haberlas visto en aquella ocasión, se preguntó cómo estaría su padre. El lunes fue al colegio con normalidad, ahí se encontró con Simón quien era el primer niño en llegar al salón, este le saludo.

- ¿Qué tal tu fin se semana?
- Vi a papá, vino a verme, pero… - Diego no sabía por dónde empezar – es que …
- Oye, ya no tendrás que preocuparte por el bebé – le dijo.

Diego sintió un escalofrío, miró a Simón, quizá había escuchado mal.

- ¿Qué?
- He dicho que ya no tendrás que preocuparte por el bebé, el de tu padre – guiñó el ojo. – Ahora tendrás tiempo para ti.

Diego sintió que una rabia se apoderaba de él, de pronto arrojó a Simón al piso.

- ¡Tú lo hiciste! – lo señaló – tú hiciste eso!
- Pero si lo hice por ti, somos amigos, es lo que querías. – Simón miraba confundido a Diego.
- ¡No quería que hicieras eso, no quería que matarás al perro, no quería que le hicieras eso al maestro, no quería! – Diego pateó a Simón.

Simón gimió de dolor, miraba desconcertado a Diego, no sé defendía.

- ¿Qué harás, me seguirás pegando, como ese día yo a aquel perro? – Simón preguntó con irá – Somos amigos.
- ¡Tú lo hiciste! – Diego estaba llorando de coraje.
- Y tú lo permitiste, como permitiste todo lo demás, porque somos amigos.

Simón estiró la mano para que Diego le ayudará a incorporarse, Diego no hizo nada por ayudarlo.

- No, ya no somos amigos. – sentenció.
- Sí lo somos, solo que estás enojado, pero te perdono, porque soy tu amigo – Simón tenía la vista pérdida.
- No lo somos – Diego pateó a Simón una vez más.

Simón gimió, en ese momento entró Luis, quien corrió para ayudar a parar a Simón, miró con miedo a Diego y este retrocedió.

- Vamos a la dirección, tienes que acusarlo – dijo Luis.
- No, es mi amigo – dijo Simón.

En todo el día Diego estuvo pensando qué hacer, tenía que decir todo que había pasado, pero Simón tenía razón, él había lo había permitido y también lo convertía en culpable, al llegar a casa hablaría con su madre.

Cuando las clases acabaron, Simón se acercó a Diego.

- ¿En serio ya no quieres ser mi amigo? – le preguntó.
- No, tú has lastimado a la gente, eso no está bien.
- ¿Sabes cómo me lastimé la pierna? – Simón empezó a jugar con su muleta.
- Tú papá te pegó porque te portaste mal, ahora entiendo. – a Diego ya le resultaba difícil hablar con Simón.
- Algo así, verás, tenía un hermano chico, él era mi amigo, pero siempre me acusaba con mamá y papá de las cosas que hacía, un día me harte.

Diego sintió escalofríos, notó cómo la voz de Simón empezaba a cambiar, su mirada, todo en él.

- Lo llevé al río, había uno cerca de casa, ahí jugamos, jugamos a que yo era un salvavidas y él, alguien que se ahogaba, solo que el juego se hizo realidad – Simón fingió un gesto de tristeza – papá no creyó que fuera un accidente, él enloqueció y me golpeó, decía que yo lo había matado, ¿puedes creerle? Yo matando a mi propio hermano, qué absurdo.

Diego quería irse, ese ya no era más aquel niño amable que habla conocido, entendió de pronto que era alguien malvado, quizá incluso él había lastimado al perro en primer lugar, ahora dudaba de todo. Simón siguió hablando.

- Lo que quiero decir amigo, es que no me gusta que la gente piense mal de mí, soy muy frágil, no podría hacer mucho daño – tomó del hombro a Diego – nos vemos mañana, llegó mamá, adiós, amigo.

Diego empezó a temblar, ¿qué debía hacer?, ¿qué era lo correcto, ¿alguien le creería? Aun así, lo intentaría. Al llegar a casa intentó decirle a su madre todo lo sucedido, fue muy difícil para él, las lágrimas, el sollozo le impedían hablar con claridad, su madre telefoneó el número de su padre y no dijo una palabra hasta que este llegó.

Cuando llegó, Diego repitió su historia una vez más, sus padres se miraron entre ellos, comenzaron a discutir muy acaloradamente, decían que era un niño mentiroso, que había llegado demasiado lejos para llamar la atención, la madre culpaba al padre, y este a ella, Diego se dio cuenta de que no había tenido caso decirles nada, su padre se marchó furioso de ahí, no sin antes mirar a su hijo y verlo con decepción, Diego sabía que tardaría bastante en volver a ver a su padre.

Por otro lado, su madre no podía creer como él podía incluso llegar a mentir, involucrando así a su único amigo, sin duda iría mañana a la escuela para solucionarlo. Cuando habló con la directora y con la trabajadora social se llevó una gran sorpresa al enterarse que Diego había golpeado a Simón, que se había fugado y no había asistido al viaje escolar, y unos compañeros (Alberto y Luis) tenían grandes sospechas de que era él y no Simón quien había hecho la maldad de darle los chocolates al maestro.

La directora hizo llamar a Simón a su oficina, cuando este entró, tenía la mirada triste, estaba decaído y sus ojeras se veían aún más grandes de lo normal.

- Diles, diles que tú hiciste todo eso – ordenó Diego.
- Yo hice todo eso, - dijo Simón, casi sollozando.
- Ven, les dije, fue él, es malo. Hasta mató a su hermano, él me lo dijo.
- La madre de Diego y la directora lo hicieron callar, fue esta última quien habló.
- ¿Por qué dices que lo hiciste tú, Simón?
- Porque él me dijo que dijera eso – tenía la vista agachada.
- ¡Qué! – Diego estaba llorando de coraje.
- Que tú me dijiste que dijera eso, que, si quería que fuéramos amigos, tenía que decir eso. Así no te expulsaran. – miró a la directora - ¿no lo expulsará verdad? Él es bueno, es mi amigo.
- Ya puedes retirarte Simón, ve a tu salón – le ordenó la directora.

Diego se paró rápido y le dio un golpe a Simón, este no hizo nada por esquivarlo.

- No, Diego, solo les dije lo que me pediste. – dijo Simón.

Fue solo un momento, pero Diego podía jurar que vio una expresión de burla en la cara de Simón, antes de salir de la dirección.

- No podemos permitir ese tipo de conducta aquí, usted acaba de ver lo que pasó, por Dios señora ese niño está lisiado. – la directora estallaba de ira.

- Entiendo la situación, señora, me temo que para mí es igual de difícil que para usted, Diego ha cambiado bastante en casa, es muy diferente.
- Podemos recomendarle algunos psicológicos infantiles – intervino Fernanda.
- Pero aún queda pendiente el hecho que ha dañado a un docente – la directora no cedía – me temo que muchos padres han solicitado la expulsión de su hijo.
- Cambiaremos de escuela señora, en cuanto sea posible.

Al salir de la dirección ya era hora del recreo por lo cual muchos niños estaban reunidos cerca de ahí, todos querían ver a Diego, había pasado de ser el niño menos popular a ser considerado casi un monstruo, todos lo abucheaban, le decían que se fuera de ahí, no les importaba que este fuera con su madre, algunos niños le arrojaban basura, los maestros no hacían nada por impedirlo, después de todo pensaban que aquel niño había causado serio daño a un colega.

Diego cruzó la puerta del colegio, consciente de que no regresaría ahí, se giró y vio a Simón, este le dedicaba una sonrisa infantil mientras le decía adiós. El pueblo entero se había lanzado en contra de la familia de Diego, pronto decidieron mudarse a la ciudad, ahí empezarían de nuevo, es cierto que nadie nunca creyó su historia, él perdió el año escolar, no le importaba.

Ahora los años han pasado, ya es un adulto, de vez en cuando recuerda aquellos días en la infancia, y a ese niño pequeño, delgado y con esa muleta canadiense que aún después de tanto le atormenta en sueños…

EL GHASTAL

El Ghastal es un ser tradicional de las supersticiones en los cientos de bosques en México.

Existían dos versiones de este ser: una de ellas lo Identificaba como una criatura amigable y bondadosa, que ayudaba a viajeros perdidos en el bosque a encontrar el camino de vuelta, o a guiarlos hacia alimento o refugio; la otra versión, equivalía a un demonio malévolo que gastaba crueles jugarretas a las personas que se cruzaban en su camino.

Había un rasgo común en ambos, el Ghastal era invisible e inaudible para casi todo el mundo, si llegabas a verlo, o escucharlo solo podía significar una cosa, que estabas a punto de morir.

- ¡Vaya que es hermoso! – dije con mucho entusiasmo.
- Te lo dije, y esto no es nada, en cuanto veas el atardecer – Mariana fumó un poco de su cigarrillo – no querrás irte.

El pueblo era maravilloso, estaba rodeado de un gran bosque, parecía un lugar sacado de alguna película del norte de Europa.

- Yo quiero tomar unas cuantas fotos, en cuanto vea algún mirador o algún lugar donde pueda estacionarme me detendré y aprovecharé para hacerlo. – dijo Efrén.
- Bien, bien, bien, todo es hermoso, pero… - Eliza miró a cada uno de nosotros con picardía - ¿la comida lo será?
- Claro que sí, es de las mejores, salsa de molcajete, recetas que van de generación en generación, y una sazón exquisita. Y, ¿sabes?, yo lo heredé de mi madre. – Mariana se sentía orgullosa.

- Ahí, justo ahí, un mirador, vamos a tomar unas cuantas fotos, me gustaría recordar este lugar justo como lo es ahora, quizá en unos años este pueblo se urbanice más y cambie. – Efrén exclamó.

Tomamos muchas fotografías, el lugar era hermoso, el aire se sentía diferente al de la ciudad, se sentía limpio, Efrén tomó bastantes fotos mientras tanto Mariana y Eliza conversaban de algunas cosas cerca de la camioneta mientras fumaban. Ese fin de semana, sería maravilloso.

La cabaña estaba muy cerca del bosque, tenía tres recamaras, dos baños, una cocina, chimenea y una sala con un ventanal muy amplio.

Mariana nos dijo que esa cabaña la había construido su mismísimo abuelo de joven para su abuela, que ahí habían vivido algunos años, después construyeron una propiedad en el centro del pueblo y, con el tiempo, solo fue un lugar de descanso. Al parecer algunas veces sus padres o ella iban a cuidar que la cabaña estuviera en buenas condiciones.

Y ese fin de semana, sería solo para nosotros.

Mariana y Efrén tomaron la habitación principal, Eliza y yo una que tenía la vista hacia el bosque.

- Creo que tienes razón, si esta receta es de tu abuela y son de la zona, o como se diga, entonces este lugar es de ensueño. – Eliza fingió chuparse los dedos.
- Pero creo que no debería ser tan picante, si alguien come eso diario, podría terminar con una úlcera. – dije en broma.
- Pues creo que ya veremos si alguien se acostumbra a comer este tipo de cosas diario. – Mariana nos mostró su mano izquierda con cierta complicidad, dejando brillar un anillo en su dedo anular- ¿verdad, Efrén?

- Nos vamos a casar. – sonrió como pocas veces lo había hecho, mi amigo de la infancia- nos vamos a casar, amigos.

Eliza gritó algo y corrió a abrazar a Mariana.

Yo solo le di un abrazo a Efrén y a Mariana, estaba feliz por ellos, eran una pareja única, llevaban juntos desde la secundaria, eran el tipo de pareja que uno envidia en el buen sentido y ahora, estaba por cumplir el sueño.

Mariana corrió y fue por una botella de champagne, brindamos por ellos y su futuro, nos comentaron que la propuesta de matrimonio apenas había sucedido, nosotros éramos los primeros en saberlo, su idea era decírselo a sus padres en cuanto terminara el viaje y empezar a planear la boda para que esta fuera posible a finales de año.

Efrén se acercó y me pidió ser su padrino de bodas, yo acepté feliz, mientras escuchaba a Eliza decir que sí sería la dama de honor de Mariana. Todos fuimos a la cama con una gran sonrisa.

Eliza no dejaba de preguntarme qué tipo de vestido sería el ideal para Mariana, qué tipo de arreglos florales lucirían mejor en esa época del año, en qué tipo de vestido se vería mejor ella, estaba muy emocionada.

Yo la escuchaba y pensaba en que eso no era algo para mí, creía que, si uno amaba a otro, era más que suficiente que el querer hacerlo "formal" o de "ensueño" y me entristecí un poco al saber que jamás sentiría la emoción que había visto esa noche en mis amigos.

- ¿Te imaginas cuando sea nuestro turno?

La pregunta de Eliza hizo que volviera a la realidad, y aunque quise no saber a qué se refería, lo sabía.

- ¿Nuestro turno de qué?

- De comprometernos, de casarnos, tú sabes que solo me veo contigo.
- Y yo solo me veo contigo, pero… no sé, no creo que el matrimonio sea algo que deba tomarse a la ligera, quiero decir, no es algo que sea necesario.
- Pero sería lindo, tener un día solo para ambos, en donde solo nosotros seamos importantes.
- Eso es algo que puede ser día a día, además, con el matrimonio vienen problemas como eso de que de quién es qué o el divorcio y el papeleo.
- Es que tú estás pensando en el matrimonio como si estuviera destinado a fracasar. Y no es así.
- Pero puede serlo, y si es, eso lastimaría mucho a ambas partes, más de lo que lo haría sin el matrimonio.

Eliza se quedó en silencio un momento, después suspiró, se recogió el cabello, y dijo:

- Creo que necesito aire fresco, saldré un poco, no necesitas esperarme despierto.
- Vamos, no lo tomes a mal, no estoy diciendo que no quiera casarme, solo que no creo sea necesario.
- No es lo que dices, es lo que piensas, el cómo lo piensas, tan… fatalista.
- Ven, hablemos de algo más, quédate.

Pero ya era tarde, había salido de la habitación.

La esperé por lo que pareció mucho tiempo, pero no volvió, y el sueño de hizo presente en mí, hasta que dormí por cansancio.

A la mañana siguiente desperté con el ruido que hacían al hablar Mariana y Efrén, noté también que estaba Eliza con ellos.

Me di un baño y me apresuré para ir con ellos, desayunamos normalmente, Eliza no mencionó nada de la discusión y parecía estar normal conmigo, aunque un poco distante.

Todos nos pusimos ropa cómoda, a Efrén se le ocurrió la idea de adentrarnos un poco en el bosque para tomar algunas fotos. Quizá, mientras tanto, yo tendría una oportunidad para hablar con Eliza, no quería siguiéramos así.

- Hasta aquí es suficiente. – Mariana se detuvo y nos pidió no avanzar más.
- ¿Bromeas? Puedo ver el pueblo desde aquí, no hemos avanzado casi nada. – Efrén siguió avanzando.
- Espera, es que es fácil perderse en el bosque.
- No nos perderemos, solo iremos en línea recta y luego de regreso, además tú eres de aquí, debes de poder orientarte. Anda, no seas así.

Mariana pareció pensarlo mucho antes de dar el siguiente paso, pero con duda y quizá algo de miedo, pero lo hizo.

Seguimos avanzando por un tiempo hasta que encontramos una zona muy agradable a la vista, había un río, un gran árbol que hacía que su sombra fuera muy reconfortante, y muchas plantas de diferentes tipos. Efrén empezó a tomar fotografías de Mariana en todos lados, cerca del río, por el árbol, por aquella planta, sobre esas rocas, ambos reían y corrían de un lugar a otro.

Yo aproveché para hablar con Eliza. Le pedí disculpas por lo de la noche anterior, le dije que quizá solo era miedo, en mi vida todos los matrimonios cercanos habían fracasado, y no quería eso. Ella parecía comprender, aunque no significaba que no le doliera mi forma de ver las cosas.

Dijimos que con el tiempo iríamos viendo cómo se tornaba todo, ella estaba segura de quererse casar, y yo, yo empezaba a ilusionarme. Fuimos con nuestros amigos, tomamos más fotografías y hablamos de tonterías por un rato. El hambre nos llegó a todos, así que decidimos regresar, ir al pueblo y comer algo, Efrén y Mariana tenían demasiadas fotos, y yo y Eliza estábamos de nuevo bien, así que todo marchaba perfecto.

Ya habíamos recorrido bastante camino, cuando de pronto algo nos llamó la atención, estábamos justo en el mismo lugar donde habíamos tomado las fotos, el río, el árbol, era algo obvio.

- No puede ser, solo dimos la vuelta y caminamos en línea recta, no es posible. – Efrén lo dijo casi como un susurro, pero todos lo escuchamos, él siguió - ¿Cómo es posible que estemos de este lado del río si en ningún momento lo cruzamos?
- Efrén, tengo miedo, te dije no era buena idea.
- Solo digamos en línea recta ahora sí, y vayamos prestando más atención, quizá dimos alguna vuelta mal y eso hizo que regresáramos, - La voz de Eliza quería sonar tranquilizadora, pero se notaba muy alterada.

Caminamos por un largo tiempo, empezábamos a cansarnos, y llegamos a otro sitio, está vez un claro en el bosque, ahí descansamos un poco, nadie quería decir nada, el ambiente estaba pesado.

- ¿Escucharon eso? Eliza se sobresaltó de inmediato, quizá sea alguien.
- No fue nada Eliza, tranquila, tenemos que pensar cómo regresar.
- Escuché algo, lo juro…
- Y tú Mariana, deberías de ver cómo sacarnos de aquí.
- Hay que calmarnos, ella dijo que no sabía estar aquí y aun así insistimos, cálmate Efrén. – le dije con voz tranquila.

- Por la mañana mucho amor, y ahora me grita. – Mariana lo dijo con voz baja pero el suficiente tono para que todos la escucháramos.
- Ahí está, de nuevo, nos está viendo. – Eliza empezó a sollozar.
- No hay nadie, si hubiera alguien cerca no estaríamos en esta situación. ¡NO HAY NADIE! – Efrén le gritó.
- Está teniendo un ataque de pánico, no hace falta le grites, - intervine – Mariana, ayúdame.

Ambos tratamos de calmar a Eliza, no paraba de repetir que "algo" nos estaba viendo, su respiración era muy entrecortada y sus manos sudaban demasiado. No podíamos hacer nada para calmarla. Y Efrén solo maldecía y tomaba su celular, intentando llamar, inútilmente.

Eliza, se paró rápidamente y salió corriendo, Mariana intentó detenerla, pero al pararse y correr, tropezó con una rama seca y cayó, lastimándose el tobillo.

Efrén quiso alcanzarla, pero fue inútil, ya la había perdido de vista.

- Maldición, ¿y ahora qué? – pregunto Efrén.
- Tenemos que salir de aquí, buscar ayuda, nosotros solos no podremos encontrarla. – dije mientras trataba de incorporar a Mariana.
- Conozco a Eliza desde hace años, nunca había visto que tuviera un ataque así, debe estar aterrada.
- Todos lo estamos, pero no salimos corriendo a lo desconocido cuando estamos perdidos en medio de un bosque. – Efrén sentenció.

De pronto escuchamos un grito, era Eliza, íbamos a correr en la dirección en la que lo escuchamos, pero el tobillo de Mariana estaba muy lastimado y le dificultaba moverse.

- Vayan ustedes, yo los espero aquí.

- No, no tenemos que separarnos, nos podemos perder de nuevo – Efrén tenía razón.

De nuevo otro grito.

- Efrén, ve por ella por favor, por favor. – Mariana suplicó.

Pareció pensarlo mucho, pero salió corriendo en dirección del grito. Mientras él corría, yo traté de ver qué tan grave era la herida de Mariana, su tobillo estaba muy inflamado, no podía pararse o moverlo, y tenía un moretón enorme.

Lo único que se me ocurrió fue tratar de sobarlo por si estaba dislocado, aunque no sabía si eso era lo mejor.

- Creo que está dislocado – dijo Mariana.
- En momentos así, me hubiera gustado estudiar medicina, biología o no sé, cualquier cosa, menos una ingeniería.
- Todo saldrá bien, Efrén vendrá pronto con Eliza e iremos a descansar todos, después de un tiempo esto nos dará risa.
- No lo sé, no lo creo ja, ja – reí nerviosamente.
- ¿Qué es eso?
- ¿Dónde?
- Ahí, tiene… garras, ¿es un animal o qué es? – Mariana tenía miedo.
- No hay nada, quizá solo sea efecto de los árboles.

Eso no pareció tranquilizarla y a decir verdad a mí tampoco, había recordado lo que había dicho Eliza entes de irse, "hay algo viéndonos".

- ¿Qué demonios están haciendo? – era Efrén.
- ¿De qué hablas, qué pasó con Eliza, dónde está? – de pronto volví en mí mismo, me paré y le pregunté a la cara.
- No me vengas con esas cosas, estoy viendo cómo estás tocando a Mariana, ya lo decía yo, has estado

muy pegado a ella desde que empezamos el viaje, o quizá antes.

- ¿Qué mierda dices? Me estaba frotando el tobillo, lo tengo sumamente lastimado, no es lo que crees, tú me conoces…

Efrén le dio un golpe a Mariana.

- ¡Cállate mujerzuela, me has humillado, un día después del compromiso y me haces esto! – Efrén escupía y lloraba al hablar – yo los vi, vi cómo te tocaba las piernas, cómo tú ponías tu cara de placer, te estaba escuchando, los observaba mientras creían que me alejaba a buscar a Eliza.

Me dirija a detener a Efrén, estaba enloqueciendo, había golpeado a Mariana, pero él fue más rápido, y me golpeó con un madero seco.

- Y tú, maldito traidor, me engañaste, en verdad confíe en ti, me engañaste.

Efrén empezó a golpearme una y otra vez con el madero hasta que se rompió, luego siguió haciéndolo con sus puños, pateándome, yo ya era incapaz de defenderme. Sentía cómo algo escurría por mi frente, era algo cálido, era mi sangre, perdí el conocimiento.

Al recobrar el conocimiento, lo primero que escuché fue un grito, era Eliza. Traté de pararme, pero no podía, sentía todo mi cuerpo demolido, mi nariz estaba rota y mis costillas dolían demasiado. Apenas pude sentarme y vi algo que me hizo vomitar y que el dolor en mi estómago y costillas fuera aún más insoportable.

Mariana estaba muerta, parecía que la habían estrangulado. No podía parar de llorar, estaba perdido, sentía que me moría del dolor y mi amiga estaba ahí, tumbada sin vida. Escuché de nuevo otro grito, traté de incorporarme y poco a poco lo hice. Caminé por donde creí que provenía el ruido, pero no veía a nadie, ya empezaba a oscurecer y era aún más difícil el andar.

Un nuevo grito, era Eliza, está vez a la vuelta de aquellos árboles, seguí avanzando, traté de correr, no la dejaría sola, ella tenía miedo, tenía mucho miedo, y yo también, no la dejaría sola, no estando ahí… Efrén…

Era Efrén quien estaba ahí, o por lo menos el cuerpo de Efrén, él se había quitado la vida colgándose de aquel árbol con su cinturón. Yo estaba a punto de enloquecer, era el sitio donde nos habíamos tomado las fotos horas antes. La luz de la luna era despiadada, dejaba en claro que no había ahí nadie más, no estaba Eliza, nadie que pudiera gritar, nadie. Solo me dejé caer y me desmayé.

Me despertaron unos ladridos, eran unos lugareños que estaban cerca y sus perros los habían guiado hacia mí. Yo no podía hablar, estaba lleno de sangre, ellos decidieron llevarme a la presidencia para que las autoridades tomaran cartas en el asunto. Conté todo al pie de la letra, buscaron por semanas a Eliza, jamás la encontraron, nada de ella.

En el pueblo dicen que algo se la llevó, que algo nos hizo enloquecer aquella noche, que algo nos mostró cómo éramos en realidad, que algo, habita en el bosque…

13 ESTACIÓN

- ¿En realidad es tan moderno? – preguntó Liliana.
- No tengo idea, pero todos hablan maravillas de él, incluso he escuchado que han elogiado este avance en otros países y puede que lo implementen ellos, si funciona bien. – Saúl la abrazó.
- Pero igual hubo muchos que no estuvieron de acuerdo – Liliana respondió con tono de complicidad.
- Claro, pero ese es un gran punto a debatir…

Liliana y Saúl estaban a punto de entrar en la nueva línea del metro, apenas inaugurada.

Unos días antes, esta línea se decía, contaba con altas medidas de seguridad, la ciudad no hacía mucho se había sumergido en un ambiente un tanto hostil que incluso había llegado hasta el transporte del metro, muy seguido había casos en los cuales personas, por fuera del vagón, arrojaban piedras o incluso llegaban a disparar hacia algún vagón del convoy y lograban lastimar a alguien de adentro, ahora estos contaban con vidrios totalmente blindados y asegurados para que esto no pasará.

También contaban con aire acondicionado de alta calidad, que resultaba muy económico para el gobierno, todos contaban con cámaras de vigilancia de alta calidad para impedir robos y otros abusos, también y lo más controversial era de que ya no eran operados por personas, todo era coordinado por computador desde una central, así evitando fallos humanos, esto hizo en un principio que hubiera huelgas de trabajadores y conservadores, pero la mayoría, como Liliana y Saúl, aplaudía el avance tecnológico.

Al subir, Saúl fue quien se sorprendió más, el convoy estaba integrado por ocho vagones, cada uno contaba con dos pantallas en las cuales pasaba información de cultura del país, pero a diferencia de la típica programación del gobierno, esta parecía divertida, incluso a él que nada de eso parecía llamarle la atención, le gustaba, había internet a bordo y la señal parecía bastante buena, Liliana notó que lo primero que aparecía al conectarse a internet eran algunas páginas sugeridas de bibliotecas online para disfrutar el viaje, hasta aquí, todo bien.

Pese a que el transporte era la novedad en la ciudad no había tanta gente en él, quizá se debía a que en esos días había hecho bastante calor, incluso en los noticieros recomendaban no salir a menos que fuera necesario ya que podrían tener quemaduras cansadas por el sol, pero ahí en el metro, no parecía importar, el aire acondicionado funcionaba de maravilla.

Saúl y Liliana quisieron hacer todo el recorrido de la línea del metro, siendo estas veintidós estaciones, todo iba de maravilla, ambos disfrutaban de la compañía del otro, y esta especie de "cita" que habían tenido de alguna forma resultaba divertida y como no había tantas personas, les daba la libertad de poder besarse, sin el pudor normal que da el que hubiera público.

Saúl besaba a Liliana apasionadamente, cuando de pronto notó la mirada de alguien más, posada sobre de ellos. Al mirar bien se dio cuenta de que un chico de alrededor de unos veintiocho años, con bastante acné en la cara, los observaba fijamente.

- Mira, creo que tenemos un mirón -le dijo a Liliana.
- Ah, el rarito, sí lo vi, desde que subimos noté que me venía viendo el escote, pero solo lo ignoré, de esos hay muchos.

A Saúl le dio asco pensar en personas así, tenía ganas de decirle bastantes cosas, pero sabía que no tenía caso, solo abrazó a Liliana y miró a los ojos con bastante ira al chico hasta que este giró la vista. La línea de metro estaba dividida en veintidós estaciones, once de ellas iban por fuera y otras once eran subterráneas, se decía que habían tardado cerca de cinco años en construir todos los túneles para que la línea quedará perfecta.

Ya en la estación número doce, habían descendido varias personas, solo quedaban Liliana, el mirón y otros cuatro, las puertas se cerraron y el convoy siguió la marcha.

- Cuando me dijiste que me llevarías a conocer la ciudad, no me imaginaba esto – Liliana rio.
- Soy un hombre con muchos encantos. – sonrió.

Ambos estaban a punto de besarse cuando de pronto sintieron una sacudida muy radical, el convoy frenó de golpe, después una fuerte sacudida. Liliana tuvo tiempo de sujetarse con fuerza al asiento y esto impidió que saliera disparada, pero Saúl no tuvo la misma suerte y salió volando hasta el extremo contrario del vagón junto con otros pasajeros.

- ¡Saúl! – gritó Liliana.
- Estoy bien, ¿y tú? - Saúl sangraba un poco de la cabeza.
- No estás bien, santo Dios, ¿qué pasó?, ¿están bien todos? – se dirigió a los demás.

Una anciana asintió con la cabeza, parecía estar en shock y solo recogía en silencio unas cosas que se habían caído de su bolsa, un hombre grande y fornido, ayudaba a parar al chico con el acné, un señor abrazaba a su hijo pequeño mientras sollozaba en el rincón del vagón. Saúl estaba algo confundido por lo sucedido, fue Liliana quien rápidamente corrió y accionó el botón de seguridad.

- Parece que no funciona, o no sé, no hay ningún ruido o respuesta del otro lado.

El hombre musculoso se acercó a una de las cámaras e intento hacer señas, luego volvió con los demás.

- Quizá un fallo del sistema, eso o pasó algo allá arriba. – dijo con seriedad.

Saúl corrió hasta el extremo opuesto del vagón y trató de ver si veía a alguien más en el vagón continuo, sí, había otras personas en la misma situación, una de ellas sostenía un celular en la mano y le señalaba con la mano a el celular, Saúl entendió el mensaje.

- Todos, rápido, revisen si tienen señal o conexión, intenten llamar a emergencias o a alguien.
- Es inútil no tengo cobertura – dijo el hombre musculoso.
- Yo no tengo uno de esos. -; dijo la anciana.
- Tampoco tengo cobertura y no me marca señal de wifi, ni siquiera emergencias – dijo Liliana.
- Yo me largo de aquí – gritó el chico con acné – Se giró y empezó a golpear el vidrio de la ventana.
- Es inútil, es un vidrio altamente reforzado, no podrás romperlo con los puños. – dijo el hombre musculoso.
- ¿Y, qué sugieres, que nos quedemos aquí sin hacer nada? – bramó.
- Solo digo que sería bueno que nos calmemos.

Saúl intervino.

- Vamos, esta línea es la novedad, no tardarán en venir y arreglarlo, no querrán mala publicidad.
- Pero tú igual lo sentiste, ¿no?, fue algo muy fuerte, no solo una falla típica, tienes sangre, no es un rasguño Saúl. – Liliana estaba preocupada.
- Aun así, solo podemos esperar.

El tiempo pasaba y los ánimos iban cayendo, el vagón tenía luz, pero solo eso, el aire acondicionado ya no estaba funcionando y el calor se estaba haciendo presente, cada vez más y más insoportable, ahora todos estaban empapados de sudor, llevaban alrededor de dos horas y aún no tenían noticias del exterior.

Parecía que la anciana seguía lejos de esa realidad, empezó a tararear y a tejer algo mientras esperaban, el padre y su hijo seguían en el rincón del vagón, el padre sudaba más que la mayoría y temblaba demasiado, su hijo parecía tener bastante sueño y se veía muy cansado.

De pronto el señor arrojó a su propio hijo por el aire y empezó a golpear su cara contra la puerta del convoy mientras gritaba y lloraba, todos estaban atónitos, nadie se explicaba qué estaba pasando, el niño lloraba y en su expresión había pánico real al ver a su padre de esa forma, la anciana solo empezó a rezar.

El hombre pronto empezó a sangrar de la nariz, "músculos" se abalanzó hacia él y trató de agarrarlo por la espalda para que dejara de hacerse daño, pero este le dio un cabezazo que hizo que retrocediera, fue necesario que Saúl y el chico con acné, ayudarán para inmovilizarlo, Liliana intuyó que seguramente se trataba de un ataque de pánico.

56

- Debe ser ansiedad, quizá sea claustrofóbico o tenga algún otro problema, como sea debemos tranquilizarlo o acabará siendo un problema para el mismo y nosotros.
- Ya me gustaría saber cómo tranquilizarlo – dijo el chico con acné, mientras forcejeaba con él.

Saúl vio que la anciana llevaba una bolsa en donde tenía ahí las cosas que usaba para tejer, se la quitó y se la llevó a la boca al señor.

- Vamos, cálmate, respira, tranquilo, aquí está tu hijo, no dejes que te vea así – Saúl intentó calmarlo.

El hombre poco a poco fue cediendo hasta que todos lo soltaron.

- ¿Cómo sabías eso, lo del ataque de ansiedad? – preguntó "músculos".

- Por su comportamiento, sudaba mucho más que nosotros, estaba todo tembloroso, el cómo actuó, no sé, quizá intuición. – respondió Liliana.

El niño se acercó a su padre, tenía miedo de ver a su padre en esas condiciones

- Tu papá estará bien, tranquilo campeón, ahorita le limpiaremos esto y quedará como nuevo -el chico con acné empezó a limpiarle la sangre.
- Gracias… - susurró.

De pronto una sacudida se sintió, no era solo el convoy, parecía que todo el piso, todo se estaba agitando.

- Genial, un derrumbe – dijo Liliana.
- Esto no es nada bueno – replicó Saúl. – ¿Quizá un sismo?

Por la ventana ya solo se veía escombro caído, si alguien venía por ellos no sería desde el túnel. La anciana seguía rezando, repetía una y otra vez el padre nuestro cada vez con un tono de voz más alto, fue "músculos" quien le pidió que hiciera silencio.

- Por favor, el ambiente está muy tenso, ¿podría rezar en silencio? Se lo agradeceríamos mucho.
- Ninguna plegaria debe ser silenciada, aunque usted sea un hereje, yo rezaré por usted y su salvación.
- No tiene caso que hables con ella, mejor busquemos una forma de salir – dijo el chico con acné.
- ¿Acaso pedí consejo? Y ya te lo dije, es imposible salir de aquí sin ayuda.

El padre del niño, quien ya se encontraba un poco más estable se incorporó y preguntó.

- ¿Cómo lo sabes?
- ¿Qué?

- ¿Cómo sabes que es imposible salir de aquí sin ayuda?
- Es obvio, ya lo intentan- respondió Saúl-
- No, no, no, es diferente, cuando él habla, lo hace refiriéndose como si supiera más que los demás.
- ¿Qué? – exclamó Liliana.
- Será mejor que te sientes antes de que te siente yo mismo ahora, estás alarmando a tu hijo – "músculos" dio un paso al frente y se desabotonó la ajustada camisa.
- Hereje – la anciana se volteó sobre sí misma y siguió rezando su padre nuestro.
- Es eso verdad, vienen por mí, sabían que abordaría en este horario, hicieron todo esto para atraparme, pero no, no me entregaré fácilmente.

Sucedió demasiado rápido, aquel hombre se abalanzó sobre "músculos" e intentó golpearlo, pero este era una mole en comparación, "músculos" tomó con suma facilidad al hombre y lo estrelló contra la puerta del vagón, este cayó a los pies de su hijo.

- Quédate ahí. – sentenció- ¿Por qué piensas que van tras de ti?, ¿quién eres?

El hombre se quedó pasmado en el piso, parecía que le faltaba la respiración por el golpe recibido, al poco tiempo respondió

- Soy abogado, he sacado a varios convictos a las calles, hace poco un narcotraficante me pidió que lo representara, lo rechacé y me mandó decir que cuidara mis espaldas.
- ¿Así que ves un tipo grande y piensas que van tras de ti? – preguntó Saúl – además, ¿qué haces viajando en metro?

- Tienen que admitir que no tienes buena pinta – dirigiéndose a "músculos" – y solo quería que mi hijo viera el metro, después de todo, todos hablan de él.
- Tú eres Sebastián Serrano, ¿verdad? – preguntó el chico con acné- ahora entiendo por qué te me haces conocido.
- Sí, soy el mismo, por eso deben entender que pensé…
- Tú sacaste de prisión a un hombre que se dedicaba a robar tiendas de autoservicio, poco después volvió a delinquir y no solo eso, mató a un empleado de una tienda, mi hermano, todo por tu culpa, por dejarlo salir.

El chico golpeó fuertemente en la cara a Sebastián, Saúl intervino para separarlo.

- No frente a su hijo.

El chico con acné se zafó de Saúl y se fue a un asiento alejado de los demás.

Ahora que sabían el nombre de aquel hombre resultaba un tanto desagradable su presencia, no era alguien muy querido en la sociedad, se había ganado el desperdicio de la mayoría de habitantes, gracias a Sebastián muchos delincuentes habían podido salir de prisión, y más que eso, volvían a la delincuencia y encontraban huecos legales para poder delinquir a plena luz del día, razón por la cual la ciudad empezaba a estar en decadencia.

Saúl al igual que Irene compartían cierto desprecio por Sebastián, pero no se rebajarían y actuarían de una forma tan vil como para atacar ya fuera física o verbalmente frente a su hijo.

Ya habían transcurrido cerca de tres horas, el calor ya era casi insoportable, todos estaban de mal humor, y no tenían ni idea de si alguien afuera intentaba rescatarlos, en el vagón contiguo parecía que las cosas estaban igual o peor, se escuchaban discusiones acaloradas, golpes a las ventanas y bastantes groserías.

- ¿Huele a…? – preguntó Saúl.
- Sí, creo que la anciana acaba de defecar… - contestó Sebastián.
- Maldita vieja, es lo único que faltaba, no tenemos aire puro para respirar y usted hace esto, por dios, ¿es que usted quiere matarnos? –" músculos" estaba furioso".

La anciana sollozaba en silencio, estaba muy apenada y se cubrió la cara con un suéter, a pesar del calor, para que no la vieran.

- Discúlpenme…
- No señora, eso es ser una cínica, usted es una cerda…
- Oye, basta, ya está algo grande la señora, no tiene la misma resistencia que tú o que yo, y hablarle así ya no ayudará en nada. – Liliana se levantó y enfrentó a "músculos".
- Tú cállate, que hasta ahora no has ayudado en nada, solo vas con tu escote de un lado a otro para que te vean todos, eres una mujerzuela.

Saúl se disponía a decirle algo a "músculos" pero este se giró demasiado rápido para vomitar, el olor a excremento mezclado con vómito pronto inundó el vagón, y eso, mezclado con el calor, era una pesadilla. El hijo de Sebastián fue el primero en oír que algo se aproximaba, era una especie de ruido que venía de arriba.

- Ya vienen por nosotros- exclamó.
- Ya era hora – dijo Sebastián.

Saúl estaba feliz, por fin saldrían de ese infierno, pero a Liliana algo de eso no le agradaba, sujeto a Saúl de la mano con fuerza.

(El ruido de esas máquinas…) – pensó Liliana.

En el vagón contiguo estaban otras personas y gritaban de emoción, fue Sebastián quien se acercó a la ventana, poco a poco fue viendo cómo el escombro era removido, pero conforme este iba desapareciendo su cara de felicidad se iba transformando en una cara que mostraba que estaba muriendo de terror, de pronto gritó.

Cuando todos vieron lo que había a través de la ventana no podían creer lo que estaba pasando, un hombre enorme estaba viéndolos, este arrancó fácilmente el techo del vagón y observaba divertido a los pasajeros, aquel hombre medía por lo menos lo mismo que un edificio de cuatro pisos, solo vestía con un taparrabos y tenía el pelo canoso y muy largo, estaba muy sucio y con dientes amarillentos.

Sebastián no paraba de gritar, aquel gigante lo tomó con facilidad y le arrancó las extremidades como si se tratará de los pétalos de una rosa, luego devoró los restos de aquel hombre.

Todos gritaron y corrieron para tratar de buscar refugio de aquel gigantesco ser, el niño fue el siguiente en morir, fue atrapado y lo llevó hasta su boca, todos estaban horrorizados, pese al llanto y los gritos de los pasajeros de los demás andenes, aún se podían escuchar el crujido que hacían los huesos del niño cuando era masticado por aquel ser, de su boca escurría la sangre de sus víctimas.

Una figura más apareció de pronto, era otro gigante, este se veía más grande aún, más corpulento, pero más torpe, este tomó con sus dos manos al chico con acné y con la otra a "músculos" y les arrancó primero la cabeza con la boca, después se comió los brazos, luego los torsos y al último las piernas.

Saúl lloraba bastante y no soltaba a Liliana, sabía que eran los siguientes, pronto, el primer gigante se acercó y tomó a Saúl, lo metió en la boca y comenzó a masticar con violencia. Liliana sollozaba al escuchar tan horripilante sonido.

El segundo gigante tomó a Liliana y a la anciana y las levantó hasta su boca, desde ahí Liliana pudo ver que en los demás vagones la misma situación se repetía, había por lo menos ocho gigantes y todos devoraban a los pasajeros, Liliana sabía que moriría, se preguntaba si ese sería el infierno.

El primer gigante hizo un gesto al segundo y le entregó una especie de jaula, este a regañadientes la tomó, en ella, bruscamente, puso a Liliana; acto seguido, tiró al piso a la anciana y la aplastó.

Liliana no entendía qué estaba pasando, cómo habían llegado hasta ahí aquellos seres, notó que otros gigantes también tomaban a algunos humanos y los metían en pequeñas jaulas, al terminar la masacre todos los gigantes empezaron a caminar con dirección hacia el túnel del metro, luego de avanzar un poco dos gigantes removieron con dificultad una pesada roca, todos entraron, después de cerrar la entrada, todos descendieron por un largo camino que se acababa de abrir hasta llegar a una especie de aldea subterránea en donde habitaban más de estos gigantes, ahí había más humanos siendo devorados y más gigantes conviviendo como si se tratase de una comunidad.

Liliana miró a su alrededor y entendió por qué la habían llevado ahí, junto con los demás

(Así que han decidido traer una mascota) – pensó.

DESVIACIÓN NOCTURNA

El cansancio que se había apoderado de Abraham hacía unas horas, era ahora más agotador, la noche era tranquila y afuera del auto no se escuchaba ningún otro ruido más que alguno que otro auto que pasaba en dirección contraria.

- Si quieres que conduzca yo, solo tienes que pedirlo – sugirió Araceli.
- Aún puedo un rato más, puede que después necesite que lo hagas tú, mientras descanso un poco, pero no ahora, además tú igual debes venir muy agotada, mejor dime ¿cómo has estado este tiempo, ¿qué has hecho?, ¿qué pasó en Inglaterra?

Abraham estaba feliz de estar con su hermana, tenía seis meses que no se veían ya que ella estudiaba ahora en el extranjero, ella había cambiado bastante desde la última vez que se vieron, se había teñido el cabello de un tono rojizo, también tenía algunas perforaciones en el oído derecho y su vestimenta era diferente.

- Todo es diferente allá, la comida, el tipo de gente, el cómo se enseña en la escuela. – hablaba con emoción.
- ¿Mejor o peor? – preguntó Abraham.
- Solo diferente, hace bastante frío, eso sí, y los partidos de fútbol son caóticos, hay mucha pasión de ese lado del mundo. – Araceli sonreía – Es divertido ir y ver a los hinchas.
- Creí que no te gustaba el fútbol – dijo algo confundido.
- Y no me gusta, pero iba por Henry, estando allá salí un tiempo con un chico, mira, es él – Araceli alzó el celular y le mostró una fotografía a Abraham.
- Es bien parecido, y le gusta el fútbol, me agrada…

Ambos rieron un poco, el tiempo juntos les sentaba bien, desde chicos habían sido bastante unidos, siendo cómplices uno del otro.

Abraham puso música en el estéreo, del tipo que sabía que le gustaba a su hermana, ella se sorprendió a sí misma al saber que iba preparado para ese viaje hasta en el aspecto musical.

- Me puso muy feliz saber que vendrías por mí. - Araceli sonreía de oreja a oreja.
- Te lo dije desde el día que te fuiste, cuando volvieras, yo mismo me encargaría de llevarte del aeropuerto hasta casa.
- ¿Aunque el viaje sea de tantas horas?
- No, solo diez, después de leer tantas veces el mapa pude ver que si tomo varias rutas alternas, podemos ahorrarnos hasta cuatro horas de camino. Todo está aquí – Abraham le entregó un mapa.
- Vaya que lo tienes pensado todo, por eso me pediste que tomara el vuelo para llegar en la noche, así al final de este viaje estaremos en casa por la mañana.
- Y no solo eso, también al manejar de noche es más tranquilo y hay menos tráfico. – Abraham bostezó – y si me canso, me puedes cubrir.

La noche era hermosa, la luz que reflejaba la luna brillaba con una belleza asombrosa, Araceli contempló esta imagen, hasta perder la conciencia y caer vencida ante el sueño, Abraham pensó en la ironía que provocaba la idea que fuera ella quien hubiera cedido ante el cansancio y no él, bajó un poco el sonido de la música y pensó en lo bien que le resultaba la compañía de su hermana.

Él siguió conduciendo como marcaba el mapa, después de girar en varias intersecciones poco a poco se fue dando cuenta de que el panorama era aún más hermoso, esa soledad que habitaba, esa quietud, le fascinaban, siempre le había gustado conducir.

Parecían haber pasado cerca de tres horas desde que se había desviado de la carretera federal, fue cuando un letrero muy grande le llamó la atención, decía : "Bienvenidos", pero el nombre del pueblo parecía haber sido tachado, Abraham se preguntó el porqué de esa acción, - "quizá algunos adolescentes rebeldes del pueblo" - se dijo así mismo, pero Abraham vio algo más, había alguien bajo el letrero, hacía ademanes bastante raros, lo primero que notó fue la apariencia bastante sucia de aquel hombre, en cuanto el vehículo pasó a su lado, aquella persona trató de embestir al vehículo. Abraham solo aceleró al máximo, presa del pánico, pensando que quizá los querrían asaltar o que era algún maníaco.

Al poco tiempo Abraham llegó al pueblo, ahí frenó de golpe lo que hizo que su hermana despertará.

- ¿Qué pasa? - preguntó ella.
- Allá atrás, había un vago, o un loco, no sé exactamente, casi lo arrollo. – Abraham tenía la respiración entrecortada.
- Pero, ¿estás bien?, ¿lo dejaste atrás verdad? Y más importante, ¿dónde estamos?
- No tengo idea, pero tenemos que seguir derecho hasta la próxima intersección, debería estar a no más de 1.30 horas.
- Pues mejor nos vamos, me toca conducir, ya dormí un poco, ahora es tu turno. – ordenó Araceli – además este lugar me da escalofríos.

Araceli siguió conduciendo a través del pueblo, era un lugar vacío, no había luces en las casas, las cuales se veían completamente vacías, no se escuchaba ningún ruido más que el silbar del viento, el cual era bastante agudo, parecía ser un pueblo fantasma. Abraham, por su parte, trató de dormir inútilmente, solo cerró los ojos y descansó.

No había pasado mucho tiempo cuando Araceli lo llamó.

- Mira, tienes que ver esto, ¿es algo "creepy", no crees? – dijo, en tono de burla.

Abraham no sabía por qué no le dijo a su hermana que ya había visto antes el cartel de "bienvenidos" a ese pueblo, tal vez una parte de él quería pensar que estaba alucinando o solo no quería preocupar a su hermana.

- Mejor solo acelera, me está dando una migraña – se sumergió en el asiento.
- Ok - Araceli torció los ojos.

Abraham tomó el mapa que llevaba consigo y repasó el camino que habían tomado hasta ahí, notó que el pueblo en el que deberían estar no figuraba en el mapa, eso lo intranquilizó, buscó en su celular la ubicación por GPS pero el móvil no servía, el estrés aumentaba. Iba a decirle una palabra a su hermana cuando vio el pánico en su rostro.

Por el parabrisas se veía el mismo pueblo que habían dejado atrás momentos antes, ninguno de los dos entendía qué pasaba, Araceli se limitó a conducir en silencio mientras trataba de salir de ese pueblo, de nuevo.

- En el mapa, este pueblo dice que no está. – dijo por fin, Abraham.
- Debe ser un error topográfico, sí, eso. – Araceli susurró.

Condujo un poco más y de nuevo llegó a ese cartel de bienvenidos, el llanto brotó primero de Abraham, luego de Araceli. Ella giró en U y aceleró a toda velocidad, pisando el pedal del acelerador al máximo hasta provocar dolor en su propio pie, no le importaba, quería acabar con eso. Pronto volvió a encontrarse de nuevo con aquel letrero "Bienvenidos a… "

Siguieron avanzando, conduciendo por lo que parecieron horas hasta que el combustible se agotó, justo en medio de aquel pueblo que ya habían cruzado bastantes veces, el amanecer no llegaba, la cordura empezaba a flaquear. Abraham salió del auto y empezó a golpear frenéticamente el capote, Araceli nunca había visto ese comportamiento en su hermano, ella seguía dentro del auto y desde ahí pudo ver como las manos de su hermano se llenaban de sangre por los golpes, pronto salió y lo abrazó.

El tiempo pasaba, el hambre era presente, el frío era calaba hasta los huesos y estar dentro del auto no hacía sino aumentar el estrés que sentían, tenían que hacer algo más, decidieron internarse en aquel pueblo, no sabían qué buscarían, pero no encontraron otra opción.

Caminaron por varias calles del pueblo hasta llegar a una especie de zócalo o plazuela, ahí vieron algo que los impresionó, había una fogata, una gran y hermosa fogata, el fuego de esta era azul, y alrededor de ella había reunidas unas veinte personas, todas con un aspecto decadente, estando hasta los huesos y con ropas muy sucias, cabello bastante andrajoso, todos perdidos ante el espectáculo de la flama que parecía danzar de un lado a otro.

Abraham corrió hacia la pequeña multitud y tomó del abrigo a uno de esos hombres.

- ¿Quién demonios son ustedes, qué es este lugar y cómo nos podemos ir?

Aquel hombre no se inmutó ante Abraham, solo desvió la mirada y siguió viendo en dirección a la fogata, parecía tener mucho frío y temblaba demasiado. Araceli se acercó y notó que pese al tamaño de la fogata esta parecía no proporcionar mucho calor.

- Intenté advertirles – una voz gruesa les habló.

Era un hombre con su ropa bastante sucia, pelo castaño y una barba muy descuidada.

- ¡Tú eres al que casi arrollo en la carretera! – Abraham estaba furioso.
- Intentaba detenerte, que frenaras, que no entraras al pueblo, que dieras marcha atrás y te fueras.
- ¿Dónde estamos? – preguntó Abraham.
- No tengo idea, me pasó lo mismo que a ustedes, no sé cuánto tiempo llevo aquí, puede ser un mes o quizá solo una semana, el tiempo, no sé cómo medirlo.
- ¿Qué mierdas dices? – Araceli bramó.
- Que todos llegamos aquí al igual que ustedes, unos llevan más tiempo aquí que yo, otros menos, solo sabemos tres cosas de aquí.
- ¿Tres cosas? – preguntaron al mismo tiempo los hermanos.
- La primera es que es imposible salir de aquí, cualquier cosa que se les ocurra, ya lo hemos intentado, lo que sea, alguien más ya lo hizo y mejor. La segunda es que nunca deben intentar salir del pueblo, una vez que alguien trata de hacerlo se escucha un gran rugido, como si se tratara de algún volcán o algo enorme, y después solo se escuchan los lamentos y quejidos de quien lo intentó – el hombre tragó saliva - ¿Pueden creerlo? Se escuchan sus lamentos hasta este lugar, desde la salida del pueblo hasta aquí.

- ¿Y la tercera?
- La luna que ven ahora casi siempre es la misma, con ese brillo que pareciera tener luz propia, pero hay veces en que no es así, a veces ocurre que todo se oscurece, no hay ninguna partícula de luz, en ese momento algo viene y toma a algunos de nosotros, pueden ser recién llegados o de los más antiguos, y se los lleva a un destino incierto.

- ¿Y si nos negamos a aceptar eso, y si no creemos nada de todo eso? Nos largamos.

Abraham dio media vuelta y se dispuso a irse, caminó por el pueblo y quiso salir de ahí, aún si esto implicaba hacerlo caminando, tenía miedo, pero no podía creer aquellas patrañas. Araceli lo sujetó fuertemente antes de que el saliera del pueblo.

- No te vayas, no me dejes, encontraremos una forma.

Ambos recorrieron todo el pueblo en busca de algo, lo que fuera que les ayudará a salir de ahí, algún teléfono, radio, pero no encontraron nada.

No sabían cuántos días o semanas habían pasado, estaban muertos de hambre y frío, nuevas personas llegaban ahí, al igual que ellos habían tomado la dirección equivocada, Araceli les explicaba o por lo menos trataba de decirles lo poco que sabían de aquel lugar, a veces le creían, otras no y se iban del pueblo ignorando las advertencias, poco después se escuchaba el crujir de los huevos, el llanto de la víctima, los sollozos y el gran gruñir de una bestia que parecía tener el tamaño de una montaña.

También habían sido testigos de la "selección" de la sombra que habitaba en aquel pueblo, en una ocasión se había llevado al hombre que inútilmente había tratado de impedir que entraran a ese tormentoso infierno.

- Ya no quiero seguir así Abraham – dijo Araceli – vámonos, no importa lo que pase, intentemos irnos a pie de aquí.

Él miraba la fogata, esa danza que hacía junto con el viento era encantadora y combinado con ese azul le hacía recordar el mar, el color del cielo, le hacía creer que estaba lejos de ahí.

- Perdón por haberte metido en esto. – no paraba de repetir.
- Eso ya no importa, tenemos que irnos, hay que intentarlo, ya no soporto este dolor, tengo hambre, no podemos conciliar el sueño, tengo frío, estoy cansada, y esa fogata me está volviendo loca, parece embelesar a todos, por favor.

Araceli trató inútilmente de jalar a su hermano, él solo veía en dirección a la fogata.

- ¡Reacciona! – dijo ella.

La oscuridad llegó, todos tenían pánico, algunos se tiraban al piso en posición fetal, otros más solo corrían sin rumbo fijo, Araceli intentó tomar de la mano de su hermano, en cuanto este fue consciente de lo que estaba pasando ya era demasiado tarde, su hermana estaba siendo arrastrada hacia un destino incierto, ella gritaba su nombre hasta que de pronto toda su voz dejo de oírse.

Abraham estaba en shock por lo que había pasado, su hermana había sido arrastrada a lo desconocido por aquella oscuridad, no pudo más que reprimir un grito, tenía tanta rabia e ira, quiso llorar, pero las lágrimas no salían, tenía impotencia, no sabía qué hacer, quiso acabar con esa pesadilla y salir del pueblo, pero aquella criatura o lo que fuera le aterraba, no tenía opción, se sentía acorralado.

El tiempo avanza, más personas han llegado y se han sumado a las bajas de este pueblo infernal, ahora la oscuridad vuelve a ser presente en el pueblo, Abraham se pregunta si esta vez vendrá por él, él así lo desea. Él solo ruega porque este tormento acabe, escucha algunos gritos de personas que son tomadas a la fuerza por aquella terrible oscuridad, él no deja de lamentarse por haber entrado a aquel nefasto pueblo, de haber visto aquel viejo letrero con la leyenda de "bienvenidos a…" se odia a sí mismo y no se perdona lo de su hermana, siente que es tomado por algo o alguien, quizá después de todo, aquel destino que le espera no sea peor que dónde se encontraba ¿o sí?

LA NIÑA DE LA BUFANDA

En la escuela dicen que ninguna familia es perfecta, pero que en ellas siempre debe haber amor, confianza y respeto. Yo tengo eso con mamá, siempre la he amado, siempre le digo todo lo que pasa, y jamás he sido grosero con ella.

Pero no sé si ella o mi nuevo papá, Francisco, me amen.

Ellos pelean mucho, siempre se dicen groserías muy feas y a veces hasta se golpean. Por eso cuando empiezan con sus cosas mejor salgo de casa y me pongo a jugar en los columpios que hay cerca del edificio. Ahí nadie me molesta, a veces mamá tarda horas en encontrarme, cuando lo hace llora y me abraza, me dice que le daba miedo me pasara algo, que no debo de salir solo, pero ella nunca quiere jugar conmigo, y Francisco me da miedo.

A veces me gustaría jugar con otros niños, pero nadie viene a jugar aquí, una vez escuché a una amiga de mi mamá decir que a una niña la ahorcaron en uno de estos columpios, y que por eso nadie deja venir a jugar a los niños solos.

Yo creo que solo dicen eso para que no salgamos sin pedir permiso, como en la escuela que dicen que hay un fantasma en los baños, el maestro dice que es para que los niños no tengan el pretexto de ir muchas veces a perder el tiempo. Los adultos mienten.

Por eso mejor yo tomo mis decisiones y vengo a jugar. En una ocasión olvidé ponerme mi suéter, y estuve jugando hasta el anochecer y Francisco me pegó muy feo, yo lloraba mucho, mi mamá intentó detenerlo y también le pegó. Él decía algo de que, si me enfermaba, él tenía que pagar y no lo haría y que eso me enseñaría a no olvidar mi suéter.

Ese día mamá y yo lloramos hasta dormir. Yo por los golpes y ella cada que pasaba un trapito húmedo por ellos para limpiarlos. Mamá decía que quería dejarlo, pero que, si lo hacía, él nos mataría, y yo le creí. Varias veces invite a mamá a qué fuera a jugar conmigo al parque, ahí estaría a salvó de Francisco, pero nunca fue.

Me gustaban los viernes, Francisco llegaba más noche de lo normal, y mamá tomaba medicina que la hacía dormir hasta tarde, así que yo podía jugar en el parque más tiempo. Hacía muchísimo frío, y por eso me sorprendí cuando vi que una niña iba llegando sin suéter y con falda. Se sentó en el columpio de al lado y se puso a jugar. Ella me preguntó cómo me llamaba, le dije mi nombre, ella decía que se llamaba Selene.

Le dije que si quería podíamos jugar juntos. Ella dijo que sí y fuimos amigos. Jugamos correteadas, ella era muy veloz y me costaba trabajo agarrarla, pero pude, algunas veces.

Y en una de esas veces me di cuenta de que su cuello se veía muy lastimado, como cuando Francisco me pega, pero mucho peor. Pensé que quizá le pasaba igual y quizá la regañarían por olvidar el suéter. Así que decidí darle mi bufanda, con ella la atrapé y le dije que se abrigará, que hacía frío. Ella siempre iba vestida igual, pero con mi bufanda, no entendía como era posible que no le diera frío o la regañaran, ya que solo salía a jugar de noche, pero me divertía mucho con ella.

Yo le contaba de mi mamá, de Francisco y ella escuchaba atenta, me decía que tenía que ser fuerte, lo que sea que significara eso. Pasó el tiempo y seguíamos viéndonos para jugar.

Un viernes, yo estaba dormido, cuando empecé a escuchar gritos, era mamá, Francisco le estaba pegando y ella tenía sangre, yo tenía mucho miedo y empecé a pegarle y patearlo, le pedía que se detuviera, él solo sonrió y me empujó, siguió golpeando a mamá hasta que ella dejó de llorar y después fue conmigo. Yo traté de levantarme, pero no podía respirar, él me estaba pateando el estómago. Todo fue rápido, vi a Selene tras de Francisco y de pronto me desmayé. Desperté en el hospital, mamá lloraba a mi lado y me pedía perdón quién sabe por qué.

Le pregunté qué había pasado, me dijo que ya no había que preocuparnos. Escuché a un policía decir que alguien del edificio había oído la pelea de mamá y Francisco y había decidido meterse, que golpeó tanto a Francisco y que incluso lo colgó de uno de los columpios. Pero no sabían quién o cómo, y mamá apenas podía moverse por lo que no fue sospechosa.

Francisco ahora estaba muerto, mi mamá quiso nos fuéramos a vivir con mi abuela, dijo que era tiempo de un cambio y que tenía que ser fuerte. Yo no quería irme, quería quedarme cerca del parque, cerca de mi amiga, pero recordé que ella también me había dicho que tenía que ser fuerte. Mamá y yo nos fuimos, crecimos bien juntos, fuimos felices.

Yo a veces regresaba a ese parque donde conocí a mi amiga que me salvó de tantas maneras.

Y algunas veces, cuando veía por el rabillo del ojo, podía ver a Selene diciéndome adiós mientras sostenía la bufanda que le di, hace ya tantos años.

UN PEQUEÑO ACCIDENTE

Susana no dejaba de repasar en su cabeza el accidente que había tenido horas antes y de decirse a sí misma que de no haber sido por eso, no estaría en esa tonta situación.

Ya tenía varada en la central camionera cerca de dos horas, la lluvia no cesaba y algún retén en la carretera habían ocasionado que el tránsito vehicular fuera muy lento, todas las corridas estaban atrasadas, cerca de ella había bastante gente que estaba desesperada porque no podrían llegar a sus destinos a tiempo, situación que no hacía más que tensar el ambiente.

Una voz anunció en el altavoz que, por las demoras, se mandaría a un autobús de otra línea como apoyo para que las personas pudieran viajar más rápido a sus destinos, así que pronto abordarán, la noticia alegró un poco a Susana, pero de pronto escuchó el estruendo de un trueno más allá del autobús que iba llegando, luego el timbre urgente del teléfono.

- ¿Diga?
- Hola, corazón, solo quería saber si ya casi llegas, he visto por las noticias que el tráfico es horrible y quería saber si llegarás pronto.
- Verás mamá… - Susana tragó un poco de saliva y suspiró antes de contestar. – Tuve un pequeño accidente horas antes al salir de la escuela, no fue nada grave ¡En serio! Solo quizá algunos golpes al coche y tal vez tenga que estar unos días en el mecánico, hasta que regrese de vacaciones. Yo pagaré todo eso por supuesto, pero nada grave en serio…
- Por…Dios Santo Susana, ¿qué pasó?, ¿cómo estás, por qué no nos habías dicho? – estaba angustiada. ¿Qué dirá tu padre?
- Iba saliendo de la Universidad y unos chicos jugaban cerca de ahí, si no giro a tiempo me llevó a uno de

ellos, pero el coche se llevó un gran golpe, no te dije nada porque no quería preocuparte ni a ti ni a papá, pensaba decirles allá, ahora mismo estoy esperando el autobús en la central, a decir verdad, tengo que abordar ahora mismo, me tengo que ir, adiós…

- Pero…
- ¡Adiós mamá! Lo siento.

La tormenta seguía rugiendo, la noche oscura se iluminaba por los relámpagos que azotaban la ciudad, Susana abordó el autobús y se encontró con un gran caos dentro de él, casi todos los asientos estaban llenos, nadie había respetado el orden de los boletos, había algunos con horarios diferentes, algunos con el mismo número de asiento, así que solo buscó un asiento disponible, justo al final del pasillo había dos asientos vacíos, tomó uno y justo después, un hombre tomó el último. Se dio cuenta de que, debido a su llamada, fue casi la última persona en abordar el autobús.

El viaje de alrededor de tres horas, sería un poco más tardado, quizá cinco horas o eso había anunciado Julián, el conductor, quien amablemente se presentó con todos los pasajeros.

Susana veía a través de la ventana, pensado en sus padres, en cómo minutos antes le había mentido a su madre, no había ocurrido así el accidente, la verdad era que ella había regresado hasta tarde de una fiesta y por estar un poco ebria tuvo ese accidente, pero no podría decirle eso a sus padres, para ellos ella era una niña buena, la mejor. No quería quitarles la imagen que tenían de ella.

Una lágrima cayó de su mejilla, cuando giró para buscar en su bolso un pequeño papel para limpiarse, notó que el pasajero de al lado llevaba en sus manos un oso de peluche un poco viejo, le sonrió, se limpió esa lagrima y miró de nuevo hacia la ventana.

El tiempo pasaba, la lluvia se volvía más tempestuosa, granizo caía y chocaba contra el autobús. La vista era nula desde la ventana, la cobertura de los celulares se había perdido y no se veía señal eléctrica a lo lejos.

- Solo falta que se reviente una llanta, ¿no? -preguntó aquel hombre con intención de hacer conversación.
- ¿Disculpa?
- Para que parezca película de terror, nada de luz alrededor, la tormenta, falta que se reviente una llanta. – Sonrió - ¿no?
- Tienes razón, después todos empezaremos a pelear por esto – dijo Susana alzando un chocolate que llevaba en la mano.
- Lo siento, no me gusta el chocolate, así que buscaré otra fuente de alimento, por cierto, mucho gusto, mi nombre es Julián, como el chofer.
- Mucho gusto, Julián, como el chofer, yo soy Susana.

Hasta ese momento Susana no se había percatado de lo bello que era aquel hombre, tenía casi treinta años, alto, de pelo oscuro y llevaba ropa informal pero cara, y notó que su principal atractivo eran esos ojos de color miel, aunque parecían tristes; fue entonces cuando decidió preguntar por algo que le llamaba la atención.

- Disculpa la pregunta, pero y ese peluche que llevas, ¿quizá es algún regalo?
- Ah, esto, es algo muy especial para mí, es algo personal, no tengo problema en contártelo si es que quieres oír la historia.
- Claro, tenemos tiempo.

Susana detectó que algo cambiaba, justo como esa tarde antes de la tormenta, una presión inundó el espacio en el que se encontraban y ella supo que lo que estaba a punto de escuchar era algo muy íntimo. Julián jugaba con el oso de peluche entre sus manos, lo veía con profundidad, pero Susana sabía que no lo miraba a él, quizá él miraba algo que no estaba ahí, algún recuerdo o momento que ella era incapaz de presenciar.

- Era el favorito de mi hijo. Solía llevarlo a todos lados con él, yo se lo di en su cumpleaños número cuatro y desde entonces no lo soltaba, siempre estaba con él. Hace un año que falleció, él y mi esposa fueron asesinados por una mujer.

Susana estaba realmente conmovida por la historia, era difícil imaginar lo que aquel hombre sentía en ese momento, también se sentía incómoda por estar en esa situación, ella pensaba que quizá sería un regalo o incluso alguna broma, solo quería hacer el viaje un poco más tolerable, pero ahora se encontraba en una plática muy delicada, una parte de ella quería guardar silencio, pero otra quería saber más.

- ¿Qué fue lo que pasó? – preguntó Susana.
- Supongo que es a lo que se refieren con el lugar y el momento equivocados, mi hijo iba saliendo del colegio, yo no pude ir por él ese día, como habíamos acordado, tenía una junta que me había hecho quedar hasta tarde y tuvo que ir mi esposa, así que… - parecía divagar, iba y venía entre sus recuerdos y el presente – le pedí a mi esposa que fuera por él, de regreso a casa y casi al llegar, una mujer los arrolló con su automóvil, iba distraída hablando por teléfono y no los vio, o eso es lo que dicen los que vieron el accidente, ni siquiera tuvo la decencia de bajar a comprobar si estaban bien o pedir una ambulancia Quizá pensaría que fue solo un pequeño accidente.

Susana estaba en shock, sintió como el aire le faltaba, veía a Julián tan indefenso al contar su historia, deseaba no haber iniciado esa conservación con él, sentía culpable y no sabía por qué.

- Desde entonces dejé de manejar, no sé por qué, quizá me daba miedo poder ocasionar lo mismo a alguna otra persona, me volví muy paranoico, nunca entendí por qué, pero me resulta imposible manejar ahora un automóvil. – explicó Julián, aunque parecía hablar para sí mismo.

- ¿Y en qué trabajas? – Preguntó Susana, en un intento por cambiar el rumbo de la conservación.
- Soy el gerente en una empresa de seguros automovilísticos, ¿no es irónico?

(De nuevo el tema), pensó Susana.

- Aun así, se me hace muy tierno y lindo que siempre viajes con el osito de tu pequeño, es algo hermoso.
- Claro, siempre lo llevo conmigo, mira, él es mi hijo. – Julián sacó de su abrigo una fotografía, en ella se veía una mujer de alrededor de veintiséis años y un niño pequeño de unos cinco o seis años, ambos sonreían ante la cámara – es perfecto.

A Susana le dolía, más que nada, que él hablara en tiempo presente, no sabía si eso se debía a que no superaba la pérdida o a que como había escuchado antes de otras personas, "siempre será mi hijo, aunque muera", pero de una u otra forma eso lograba incomodarla.

- Es muy lindo y tu esposa también es muy bonita
- Mañana se cumple un año de su muerte, me pregunto cómo serían las cosas si no hubiera pasado eso, no comprendo cómo puede haber gente que pueda ocasionar tanto daño por su irresponsabilidad.

Julián seguía sumido en sus pensamientos, Susana se sentía responsable de haber sacado el tema del peluche, se giró un poco y miró por la ventana, pensó y se dio cuenta de por qué hasta ese entonces se sentía incómoda e incluso con culpa, ella había tenido un accidente y, aunque no había resultado nadie herido, sabía que bien podría haber tenido otras consecuencias, ella había manejado en varias ocasiones en estado de ebriedad y estado a punto de chocar varias veces.

Se preguntó a sí misma qué diría Julián de saber que ella había tenido un accidente hacía algunos días antes, por estar alcoholizada.

El viaje transcurrió en silencio, Susana se estaba quedando dormida y fue entre sueños cuando una imagen vino a ella, estaba detrás del volante, ebria, cansada, los ojos le pesaban, de pronto frente a ella se encontraba la esposa y el hijo de Julián, ambos cruzaban la calle, felices, él con su osito de peluche en la mano. Ella no puede hacer nada para evitar la tragedia, los embistió con su automóvil, solo puede ver al oso volar por los aires.

Susana se sobresaltó y rápidamente se levantó de su asiento y fue al baño, al llegar ahí, vomitó y se quedó un rato mientras se trataba de quitar esas imágenes de la cabeza, se sentía asqueada, le faltaba el aire y le fallaba el equilibrio, sentía que se desmayaría, se llevó un poco de agua a la cara y con trabajos regresó a su asiento.

- ¿Estás bien? – preguntó Julián.
- Sí, es sólo que me mareo bastante, pero ya pasará, creo que casi llegamos, ¿no es así?
- Sí, así es, acaban de anunciar que pronto llegaremos a nuestro destino, había demasiados bloqueos y el conductor tuvo que usar una ruta alterna, así que llegamos un poco antes de lo esperado.
- De maravilla, no me siento nada bien.
- Podría acompañarte a ver al médico de la central, no sería problema para mí, claro, si no es problema para ti…
- Descuida ya pasará, agradezco la atención.
- Oye, perdón si sonó raro todo lo que te conté antes, o si te espanté, es solo que, me pongo sensible cuando viajo… - explicó Julián, mientras bajaba la mirada.

- No te preocupes, es bueno desahogarse, y me pareció muy agradable conocerte, eres simpático.

Al llegar a la central, la tormenta había terminado, la luz de la luna brillaba e iluminaba toda la zona de abordajes y descensos, todos los pasajeros bajaron del autobús, Julián ayudó a bajar el equipaje de Susana, él no llevaba nada consigo, más que el osito de peluche.

- Aquí es donde nos despedimos, espero tengas una muy linda noche – se despidió Susana – y de nuevo mucho gusto, Julián, como el chofer.
- El gusto fue mío, Susana, cuídate y trata de ir con mucho, mucho cuidado, lo digo porque pareces estar aún un poco mareada.

Susana quería irse, el ver a Julián la hacía sentir realmente incómoda, su mirada triste la llenaba de culpa, se sentía aún con asco.

- Espero verte pronto en otro autobús. – Susana mintió.
- Espero que así sea, esta vez me divertí mucho, por cierto, deberías comprar un periódico, es interesante lo que publican estos días. – tomó al osito de peluche y con él hizo un gesto de despedida.

Julián se fue por la sala de espera y poco a poco su imagen se perdió entre la multitud.

- Vaya que es un tipo raro...

Susana tomó su maleta y se dirigió a tomar un taxi para ir rumbo a casa, camino ahí, vio un puesto de revistas, fue la curiosidad la que hizo que fuera y preguntara por si tenían periódicos del día. Susana reprimió un sollozo al ver el encabezado del periódico, lo tomó con fuerza y comenzó a leer.

El encabezado rezaba: "Familia masacrada, asesino serial suelto" acompañado de una foto, aunque la imagen no era la misma, Susana sabía que era la misma familia que había visto en la foto que le mostró Julián, incluso estaba el mismo oso de peluche en las manos del niño.

La nota decía que la familia había sido víctima de un asesino que había estado matando por varios estados del país. Torturaba, mutilaba y mataba familias enteras solo por diversión, al final de la nota había un dibujo a lápiz del posible autor de los asesinatos, era idéntico a Julián. Ahora sabía que seguramente no era su nombre real, Susana sintió un miedo horripilante en el pecho.

Entendió un poco lo que había pasado, quizá esa persona había escuchado la llamada con su madre y había oído que había tenido un accidente, él había fingido e inventado toda la historia del accidente y su familia, solo para hacerla sentir mal, había jugado con ella.

Por eso sus últimas palabras antes de despedirse, "me divertí mucho".

SOLO UNA NOCHE

- ¿Te das cuenta de que todos en el pueblo nos miran y tratan de mal modo?
- Yo creo que solo no están acostumbrados a recibir turistas. – me contestó Mari, con tono tranquilizador.
- No, en verdad, parece como si nuestra presencia les molestara.
- Es un pueblo de paso, nosotros venimos vestidos como si fuéramos a la playa, es normal que nos vean extrañados, además, tú también no tienes cara de ser muy amigable.

Quizá tenía razón, nosotros nos veíamos muy fuera de lugar ahí.

Hace unos días habíamos llegado a Oaxaca, eran nuestras vacaciones y queríamos ir a conocer el bello estado, después de ver y recorrer todo el centro, quisimos ir a alguna playa, entonces buscamos y vimos que Huatulco estaba cerca, un lugar que también estaba en nuestra lista, había una playa virgen.

Viajamos en dirección a ese lugar, pero a medio camino todo jugó en contra nuestra, una llanta del coche se ponchó con algo y tuvimos que tomar la primera intersección para llegar al pueblo más cercano y cambiarla, ya que yo, no tenía una de repuesto. Llegamos al pueblo, era muy pequeño, no fue difícil encontrar el taller mecánico, era el único de ahí. Hablamos con el dependiente y él nos dijo, de mal modo, que el repuesto llegaría al día siguiente.

Nosotros no teníamos opción. Salimos de ahí un poco frustrados, pero no había remedio, nos sorprendió saber que había un hotel en tan pequeño lugar, pero de cierta forma nos agradó, ya que estaríamos pasando la noche en un lugar cómodo. Mientras tanto conoceríamos ese pueblo, y descansaríamos.

Yo llevaba una bermuda rosa, una playera blanca y gafas de sol.

Mari, por su parte, llevaba una falda pequeña blanca y un top de color amarillo.

- Creo que tienes razón. – Dijo Mari, con un tono incómodo.
- ¿De qué?
- De que nos ven como… molestos.
- De los hombres lo entiendo, están molestos de que ellos no pueden estar a tu lado. – dije sonriendo. – Pero de las mujeres no lo sé, ¿quizá envidia hacia ti?
- Ja, ja, ja, o quizá es porque envidian tu bermuda rosa. – Contestó, mientras me pellizcaba rápidamente una pierna.
- ¡Duele! ja,ja,ja.

Mari, cambió la expresión de su cara y bajando la voz prosiguió…

- Aunque es algo que se me hace hasta cierto punto lindo.
- ¿Qué?
- Todos aquí visten como muy… regional. – Dijo, al no saber qué palabra usar. – Desde las ancianas hasta los adolescentes.
- Tienes razón, no había notado eso.
- Es bonito, además, las calles no están sucias, no hay música ruidosa o vendedores acosándote.

Seguimos caminando y encontramos un parque, estaba cerca del hotel, ahí todo estaba limpio y verde, era muy hermoso. Tomamos varias fotos, nos compramos un helado.

(Comprobando que todos nos ponían cara de estar molestos, ya que el vendedor no parecía feliz con la compra, sino todo lo contrario.)

Seguimos caminando y encontramos una iglesia. Estaba justo frente al parque, tenía una cerca de piedra muy alta y su entrada era una reja metálica. La iglesia era muy antigua, o eso se notaba por la construcción.

- Parece ser de la época colonial. – Dijo Mari, un tanto confundida.
- ¿Eso crees? – pregunté.
- No lo sé bien, pero el tipo de piedra, la arquitectura… Es bastante antigua. – Parecía hablar sola.
- Entremos y veamos.
- Espera, mira esto. – Mari estaba fascinada.

A un costado de la puerta de la iglesia había una mesa de piedra, era circular, estaba perfectamente recortada y en ella había extraños símbolos y figuras.

- ¿Sabes qué es o qué significa? – Pregunté a Mari.
- No.
- Yo estaba atónito, era muy raro que ella no supiera algo, ella sabía todo, era muy culta.
- ¿Qué hora es? – preguntó impaciente.
- Mmm las 2.20
- Las 2.20, sí, así es…
- ¿Qué pasa? – me emocionaba y estresaba el no saber qué pensaba ella.

Mari se estiró y tocó el centro de la mesa de piedra.

- Esto de aquí, es un reloj de sol, es lo único que sé. Dijo emocionada. – Lo demás no tengo la menor idea de qué signifique.

Entramos a la iglesia, lo primero que hicimos fue abrazarnos, hacia un frío muy extraño, como si alguien hubiera prendido el aire acondicionado.

Dentro de ahí había filas de bancas hechas de madera, hasta el frente había una mesa con tres sillas mirando hacia una fila de bancas, también había varios cuadros que se veían bastante antiguos.

- ¿Qué pasa por tu cabecita? – pregunté a Mari.
- Estos cuadros, se ven muy sombríos.

Empecé a verlos con más atención. En uno se mostraba a una persona, un guerrero, que estaba sobre los cuerpos de varias de sus víctimas. La cara de este guerrero se veía aterradora, los detalles que había en él eran muy reales, parecía que había disfrutado de esa matanza, o esa impresión me dio a mí.

En otro cuadro había una bestia alada, ella estaba devorando lo que parecía ser la mitad de una persona, mientras el mismo guerrero del cuadro anterior reía a lo lejos. En uno más, se podía observar a un anciano comiendo su propia mano, mientras más personas alrededor ríen y lanzan comida a este hombre.

Quizá no era algo tan descabellado, quizá haya cuadros más repulsivos, pero era raro encontrarlos en un lugar como una iglesia, templo o lo que fuera ahí, y más aun, considerando el tipo de gente que se veía, tan conservadores. Mientras hablábamos de eso y veíamos más cuadros, un hombre entró y prácticamente nos sacó a empujones, diciendo que no podíamos estar ahí. Era lo único que repetía.

Nos fuimos de la iglesia, buscamos un lugar comer algo y encontramos uno donde parecía que nos estaban regalando los alimentos. La comida en sí, era particularmente deliciosa, pero la atención dejaba mucho que desear. Mari y yo estábamos hartos de todo eso, el lugar en general era horrible, decidimos ir al hotel y quedarnos ahí hasta el otro día. El hotel era grande, considerando el pequeño pueblo.

Tenía cinco plantas y parecía haber bastantes habitaciones en cada una de ellas. Nos preguntamos si realmente alguna vez de llenaría. La recepcionista nos dio las llaves de la habitación, estaba en la cuarta planta y nos fuimos ahí.

Era una habitación sencilla, una cama, un ropero, dos muebles pequeños, el cuarto de baño y ya. No había televisión, no había tina, solo eso. Mari y yo hablamos hasta el anochecer, a pesar de la actitud del pueblo, de nuestro tropiezo en ese lugar y de todo, estábamos bien, si estábamos juntos.

- A propósito, ¿notas no se escucha nada?
- ¿Y eso no es bueno? – Me preguntó Mari.
- No me refiero a eso, generalmente, en todos lados, nunca faltan los adolescentes que salen a distraerse o pasar un buen rato. Aquí no.
- Pues ni noche ni de día. – Mari se acercó a la ventana. – Tienes razón, ja, ja, no veo a nadie.
- Qué gente tan amargada.
- Y desde pequeños. – Ella finalizó.

Nos preparamos para dormir, apagamos las luces, nos acostamos y nos dimos las buenas noches. No sé cuánto tiempo había pasado, pero nos despertó un ruido, se oían como pisadas. No solo de alguien, sino de varias personas.

- ¿Qué es eso? – preguntó Mari
- Quizá tenemos vecinos. – hice una seña al cuarto de al lado. – Anda, trata de dormir un poco.

Ella durmió, pero yo escuchaba como si varias personas estuvieran susurrando, era algo incómodo. El sueño era más fuerte que eso, así que dormí.

- Despiértate, escuché algo. – Mari estaba totalmente despierta.
- ¿Qué pasa, Mari?
- Escuché un bebé.
- Es normal, duerme un poco, ya es noche y mañana tenemos…

- No, afuera, en la calle.

Yo también escuché el sonido, era un bebé que lloraba desesperadamente. El ruido era desgarrador, Mari se asomó por la ventana.

- No veo nada, escucho, pero no veo nada. – dijo ella.
- ¿Oye, pero y sus padres qué? No escuchan cómo se queja la pobre criatura.
- Quizá la madre discutió con el padre y salieron de casa, por eso viene de afuera el ruido.
- Pero es que llora horrible. – Contesté.

De pronto se cortó la energía eléctrica. El bebé empezó a llorar más y más.

- ¿Y si salimos? – Mari estaba lista para ir a ayudar.
- No lo sé, la gente de aquí es muy rara, puede que como dices, sea una pelea de pareja y nos lo tomen a mal.
- Pero, ¿y si no es así? – Mari estaba angustiada.

La sangre se nos congeló, escuchamos cómo unas alas enormes aleteaban, el ruido, según Mari, parecía provenir de la iglesia. Se escuchó un chillido, era muy agudo, lastimaba los oídos. La bestia alada se estaba acercando.

El bebé empezó a llorar, un grito entrecortado, sabíamos lo que había pasado.

- ¿Qué es eso? – preguntó Mari. - ¿Qué está pasando?
- No lo sé. – Yo no paraba de temblar. - ¿Por qué nadie salió?
- ¿Qué demonios es este lugar? – una lágrima tras otra, cayeron del rostro de Mari.

Escuchamos voces en las habitaciones de al lado, sabíamos que estaban ahí por nosotros.

Lo sentíamos.

- ¿Qué va a pasar con nosotros?
- Tranquila, es solo una noche, mañana estaremos bien y nos iremos.

Más ruidos provenían de afuera, ya no les importaba que los escucháramos.

- Solo una noche, solo una noche.

Alguien pateó la puerta, pasaron varias personas, tres de ellos tomaron a Mary, yo intenté detenerlos, pero me golpearon, me amarraron y me llevaron arrastrando tras de ella. En el camino vi una cobija de bebé y una gran mancha de sangre. Al lado una señora lloraba inconsolable mientras un hombre le decía, "era él o nosotros", "así tenía que ser", "él lo pidió".

Entendí que el bebé había sido llevado ahí para ser sacrificado, ¡por eso nadie salía de noche en este maldito lugar! Nos llevaron a un sitio que reconocí de inmediato, la iglesia. Recostaron a Mari en la mesa de piedra, le quitaron la blusa dejando al descubierto sus pechos y la acuchillaron varias veces.

Yo logré zafarme, corrí en su dirección y la abracé, todo era mi culpa.

- Perdóname, mi amor. – Dije llorando.
- No es tu culpa, no es culpa de nadie, te amo. – Mari estaba agonizando.

Alguien me cargó y me puso en la mesa de piedra, recostado pude ver cómo en el cielo paseaba aquella criatura alada, mientras sentía algo cálido en mi estómago, era una sensación muy extraña, no dolía. Era mi sangre.

Estaba perdiendo el conocimiento, ya no podía más, sabía que pronto moriríamos. Ellos nos arrastraron dentro de la iglesia, ahí, hasta el frente había alguien a quien yo reconocí. Era el hombre que habíamos visto Mary y yo en el cuadro unas horas antes.

MI AMIGO EL MONSTRUO

- ¡No me gusta este lugar! – Gustavo sollozaba, mientras abrazaba su madre.
- Lo sé, pero no tenemos otra opción, papá tiene que trabajar en este lugar y, además, no está tan mal, tiene muchísimo espacio y ahí podrás jugar, incluso podrán venir después amigos tuyos.
- Yo ya tenía amigos en la ciudad.
- Y aquí harás más amigos, solo tienes que darte la oportunidad, este cambio es difícil para todos, pero vamos a poder adaptarnos. – Le acarició la cabeza. – Anda, ayúdame con la mudanza, no dejemos que papá haga todo.

Gustavo acababa de mudarse junto con su padre y su madre desde la capital del país a una hacienda, ahí, su padre trabajaba como contador del dueño de esta, pronto la hacienda reabrirá sus puertas después de años de estar cerrada al público para convertirse en una especie de hotel y él recibiría el beneficio de poder vivir junto con su familia en la hacienda, era una gran oportunidad laboral, pero Gustavo no estaba muy feliz con esta decisión, extrañaba su viejo hogar, no estaba familiarizado con la vida fuera de la ciudad, y aquí en el campo todo era diferente. No había tanto movimiento, ni tanta gente y la escuela no le convencía del todo.

Pero el, como un buen hijo trato de hacer el esfuerzo por aprender a vivir esta nueva vida, tenía diez años, pero se esforzaba, en la escuela trataba de ser amigable con los demás, aunque nadie parecía querer ser su amigo, todos parecían tener su propio grupo de amigos en donde él parecía estar excluido. Al llegar a casa nada parecía mejorar, no le gustaba estar en la hacienda, era un lugar inmenso, y aunque muchas personas trabajaban ahí, Gustavo sentía que estaba solo.

Siempre sentía frío en ese lugar, su madre le explicaba que era por el material por el que estaba construida la hacienda, pero eso no acababa de convencerlo, él sentía que había algo más. Cada que regresaba de la escuela exploraba la hacienda, descubriendo más habitaciones, se dio cuenta de que incluso había una especie de iglesia, la entrada estaba sellada por maderas cruzadas, pero él se las ingenió para poder pasar entre ellas, tenía curiosidad de ver que es lo que había ahí.

Dentro no había gran cosa, solo algunas sillas lo bastante viejas y uno que otro cuadro desgastado, en el piso una coladera y ya, él quería ver algún animal como alguna araña o algún insecto grande, sabía que les gustaban esos lugares para ocultarse, pero se llevó una sorpresa al ver que no había ninguna telaraña ni rastro alguno de vida animal, decidió irse, desilusionado.

Esa tarde le preguntó a su padre sobre la iglesia que había encontrado ese día.

- Es una capilla, el dueño original de este lugar la mandó construir para hacer misas o incluso casar a algunas personas aquí, la gente de antes era muy religiosa – le explicó su padre.
- Me metí ahí para ver si había algún animal, pero no había nada.
- ¿Qué hiciste qué... para qué? – la expresión del padre iba de la sorpresa al enojo.
- Nada...
- Mira, sé que puede ser aburrido estar aquí, que tienes que encontrar maneras de divertirte y todo eso, pero no te metas en donde no, ya algunos trabajadores me han dicho que te han visto en algunas habitaciones de ellos...
- Solo he ido a ver qué es lo que hay en la hacienda.
- No está bien, son sus cuartos, su privacidad, y la capilla, está cerrada por algo, hay madera vieja, te

puedes astillar, o puede haber algún animal venenoso.
- Pero, papá…
- Está prohibido – finalizó.

Gustavo se encontraba soñando con su antigua escuela, jugando fútbol con sus antiguos compañeros, estaba a punto de meter un gol cuando algo lo despertó, era un ruido, escuchaba el viento silbar desde la ventana y eso le irritaba, estaba bastante cómodo y caliente en su cama para moverse o levantarse para cerrar la ventana, pero de pronto y como si una cubeta de agua le hubiera caído, recordó que su madre cada noche y antes de dormir le da un beso de buenas noches y cierra la ventana de su habitación para que no entren los mosquitos, Gustavo empezó a sentir una especie de pánico y de escalofrío en su pecho, fue consciente de que no era el silbido del viento, sino que alguien o algo producía aquel sonido.

Estaba a punto de gritar, pero tan seguro como que el sol saldría al otro día, sabía que si gritaba sus padres no alcanzarían a llegar antes de que aquello que estaba en su habitación se abalanzará contra él.

De pronto escucho:

- No tengas miedo, no te haré daño, solo no grites – era una voz gruesa y gutural. – Si entiendes, solo asiente con la cabeza y por nada del mundo voltees.

Gustavo asintió.

- Hoy te vi en la capilla, tenía mucho que no recibía visitas, había escuchado de ti cuando se mudaron aquí, pero no había podido verte.
- ¿Cómo… cómo es que habías escuchado de mí, como sabes que fui a la capilla, ¿Me… me… me vas a matar? – Una lágrima cayó por su mejilla.

- Por los hombres que trabajan aquí, hablan mucho, y hablaron de que ustedes vendrían, y cuando tú entraste en mi casa me puse feliz, por fin tendría con quién hablar, así que no te haré daño.
- ¿Quién eres? – preguntó Gustavo. - O, ¿qué eres?
- Eso ya lo sabes.

A la mañana siguiente Gustavo pensó que se había tratado de un mal sueño, recordaba con claridad lo de la noche anterior, pero era algo imposible, se levantó rápidamente de su cama y comprobó que su ventana seguía completamente cerrada, esta se abría por dentro, así que era imposible que alguien se hubiera colado desde afuera y nadie hubiera podido entrar por la puerta, era demasiado grande y de madera, bastante pesada, hubiera hecho ruido.

Definitivamente había sido un sueño, no tendría caso contarles a sus padres.

Ese día en la escuela transcurrió con normalidad, pasó desapercibido como cualquier otro día, aprendió bastante o eso le gustaba creer, cuando llegó a casa, ayudó a sus padres con las tareas que le asignaban en la hacienda, no era mucho, solo acomodar su habitación y ayudar a mamá con la limpieza de la cocina.

- La remodelación está siendo bastante lenta, quizá se tenga que contratar a más personal, si el dueño quiere abrir este lugar antes del verano – explicó el padre de Gustavo.
- Eso estaría muy bien, hay mucha gente en el pueblo que se ve de escasos recursos, quizá les vendría bien el trabajo, - contestó la madre de Gustavo, mientras recogía los platos.
- No lo sé, la gente del pueblo es muy supersticiosa, hay quien dice que la hacienda nunca tuvo que ser vendida en primer lugar, y no a muchos les agrada que gente entre y salga para convertir esto en un

hotel. – se levantó y ayudó a recoger la mesa – no creo que les entusiasme mucho trabajar en ella.

A Gustavo, que era un niño bastante curioso, le interesó saber más de aquella conversación e intervino.

- ¿Por qué son súper ficticios?
- Supersticiosos Gustavo – su padre sonrió un poco – Es gente que cree en cosas que no tienen una explicación real o coherente, como quien cree en la magia.
- ¿Cómo la tía Bertha?
- Exactamente – ambos rieron – y hay gente que cree que esta hacienda tiene una especie de magia, solo eso, pero nada más.

Al anochecer todos vieron una película juntos, pero esta era bastante aburrida para Gustavo y se quedó dormido en el regazo de su madre, sus padres hablaban mientras tanto de la conversación que había quedado anclada en la tarde.

- Y entonces, ¿por qué la gente es supersticiosa? – preguntó la madre de Gustavo
- Hay quien dice que aquí había un viejo pozo y que ese mismo servía de portal hasta el infierno, es lo único que he podido sacar a alguno que otro trabajador que quiso hablar. El mentado pozo fue sellado, pero tiempo después fallecieron de causas naturales los dueños de la hacienda y pues la gente cree que se debió a eso.
- ¿Y por qué cree eso si murieron de causas naturales?
- Porque era una joven pareja de veintiséis y treinta años respectivamente, ambos muy sanos, fallecieron el mismo día, o eso es lo que cuentan, dicen que desde entonces la hacienda había estado cerrada hasta ahora.
- Pues a mí se me hace una creencia bastante absurda. – La madre arropó un poco a Gustavo.

- Amén por eso.

Gustavo despertó y se encontraba en su habitación, no sabía cómo había llegado hasta ahí, lo último que recordaba era estar viendo una película y ya, ahora sentía frío y una especie de alarma, era una sensación extraña, se sentía observado por algo o alguien, él sabía que aquella cosa que había estado la noche anterior estaba ahí de nuevo, pero esta vez no tenía miedo, o eso pensaba.

- ¿Qué quieres? - su voz apenas alcanzó a salir de sus pulmones.
- Hablar, tiene bastante que no hablo con nadie, solo quiero conversar antes de, partir – la voz de aquella criatura era aún más gruesa de lo que recordaba.

Gustavo solo veía unos ojos color amarillo en su habitación, no se explicaba qué es lo que hacía que pudiera verlos, la habitación se encontraba en completa oscuridad y él aun así podía ver aquellos ojos con aspecto podrido, bastante redondos, parecidos a los de un reptil.

"Es un sueño, debe serlo" – pensó- ¿Qué es lo que eres?

- Te lo dije, ya lo sabes.
- ¿Eres un… monstruo?
- Supongo que es un nombre adecuado

Aquel ser se acercó a la ventana y con delicadeza recorrió la cortina de la ventana haciendo que la luz de la luna le diera de frente para iluminar su cuerpo y le diera forma.

Era mucho más grande que su padre, mucho más grande que cualquier hombre que hubiera visto antes y tenía un gran cuerpo, quizá tan grueso como un árbol, sus brazos eran demasiado largos y parecían estar unidos a unas especies de alas rotas, - "como murciélagos"- Pensó – Tenía garras por dedos y su cara parecía la de un roedor con facciones bastante humanas, pero lo más horripilante, eran esos ojos. Gustavo quería gritar, pero no podía, le faltaba el aire, antes había escuchado que cuando estás a punto de desmayarte te falta el aire, sientes que todo a tu alrededor se tambalea y tú empiezas a debilitarte, él creyó que se quizá, deseaba hacerlo, pero no fue así.

- No tengas miedo, no te haré daño.
- ¿Qué es lo que quieres?
- Hablar, solo eso, después me iré.

Gustavo tenía bastante miedo, quería gritar, pero, aunque era un niño, no era tonto, sabía que, aunque vinieran sus padres no ayudaría, esa cosa era bastante grande, no podrían contra él, decidió creer en la palabra de aquel ser, quizá si hablaba con él, él se iría, amanecería antes y así quizá, quizá, desaparecía.

- ¿De qué quieres hablar? – preguntó
- ¿De dónde vienen ustedes, por qué vinieron aquí?
- De la capital, mi papá trabajará para hacer de esta hacienda un hotel.
- Ya veo, ¿por qué entraste a mi casa aquel día?
- No sabía que era tu casa, perdóname, no volveré a hacerlo.
- Te diré algo, Gustavo, nosotros los monstruos, como tú me has llamado, ya no tenemos lugar en este mundo, estamos a punto de desaparecer, hace bastante tiempo, mucho antes de lo que pudieras imaginar, nosotros éramos los que gobernábamos, éramos libres e íbamos de aquí para allá sin temer a nada, pero desde hace tiempo, las cosas cambiaron y ustedes ahora son los gobernantes y nosotros somos quienes nos escondemos de ustedes.

A Gustavo le resultaba imposible la idea de que aquella criatura se escondiera de algo o de alguien, sus palabras parecían irreales, pero sabía que decía la verdad.

- ¿Qué fue lo que pasó? – preguntó Gustavo – para que las cosas cambiaran.

- Eso fue lo que pasó – aquel ser señaló a Gustavo con una de sus garras.
- No entiendo.
- Nos dejaron de temer, nosotros vivimos del miedo, de la oscuridad, del pavor y del caos, pero ustedes simplemente dejaron de temernos, de creer en nosotros, ahora les temen a cosas más ambiguas como asesinos, perros, gatos o impuestos.
- Yo sé que espantarías a muchísima gente – lo dijo con sinceridad – a mí me espantaste bastante.
- Pero solo por un momento, ahora ya no me temes.
- Eso es porque ahora te conozco un poco más, ¿cuál es tu nombre?
- No tengo nombre.

A la mañana siguiente Gustavo se encontraba algo desvelado, pero no le importaba, había sido una velada agradable, le había gustado conocer a aquel ser, quizá esa noche volvería y hablarían más, sería interesante, tal vez incluso le preguntaría cómo es que sabía su nombre si nunca se lo mencionó.

Ese día, Gustavo preguntó a su padre y su madre respecto a los monstruos.

- Claro que no existen, quizá en tus sueños, solo ahí – explicó su padre.
- Y antes, ¿crees que hayan llegado a existir?
- No corazón, habría información sobre eso, algunos llegaban a pensar que algunos animales grandes eran monstruos, pero nada más – dijo su madre.

"Ya no creen en ellos, él tiene razón", pensó Gustavo.

Esa noche de nuevo recibió la visita de aquel ser, esta vez le preguntó por qué vivía en la capilla.

- Hace tiempo escuché que aquí había un portal para regresar a casa, vine esperando encontrarlo y así volver a casa antes de desaparecer, pero cuando llegue ya estaba cerrado y me era imposible irme, así que decidí quedarme aquí.

- ¿Desaparecer? – preguntó Gustavo.
- Nos alimentamos del caos y miedo, si no lo tenemos, desaparecemos, por eso me quedé en la hacienda, aunque sea poco, pero la gente le teme aún, por eso vivo aquí.
- Pero cuando esto se haga un hotel, más gente llegará, y las personas dejarán de creer y tú… - Gustavo se dio cuenta de algo que, irremediablemente, pasaría.
- Así es, pero ya lo tenía contemplado, por eso quería hablar con alguien antes de que todo eso pase.
- ¡Tengo que hablar con papá! Sí, él sabe, quizá pueda hacer algo al respecto…
- No, no hay nada que se pueda hacer, solo quería volver a hablar con alguien, déjame seguir conversando contigo el tiempo que quede.
- ¿No hay nada que pueda hacer yo?
- No, pero lo agradezco.

Gustavo siguió conversado varias noches con aquel ser, pero de día trataba de idear un plan para poder impedir que desapareciera, pero todo parecía imposible, ¿qué podía hacer un niño de tan solo diez años?

De pronto la respuesta vino a él como una descarga eléctrica, aquel ser le había dicho que la entrada a su hogar se encontraba en un viejo pozo, si encontraba la manera de abrirlo, quizá podría hacer que su amigo se fuera a casa por ahí, pero cómo lograría eso.

- Papá, ¿es cierto que aquí había un pozo?
- ¿Y tú cómo sabes eso? – Lo miró con incertidumbre.
- Escuché a alguien decirlo, ¿entonces sí es cierto?, ¿dónde está?
- Pero si tú ya has estado ahí, ¿no lo recuerdas?

- ¿Qué? – Gustavo no entendía nada
- El pozo que había en esta hacienda fue tapado y sobre él se construyó la capilla, tú estuviste ahí hace tiempo, cuando te regañé por meterte ahí, por cierto, no lo vuelvas a hacer.
- Ah, por eso….

Esa noche Gustavo espera con ansias la llegada de aquel ser, cuando llegó, enseguida le preguntó:

- ¿Por qué no me dijiste que la capilla donde vives está sobre la entrada a tu hogar? – aún.

A su corta edad se dio cuenta de lo redundante que sonaba eso.

- ¿Qué tiene de importancia eso? – había cierta curiosidad en su expresión.
- Quería encontrar el pozo y ayudarte a cavar para que fueras a casa – se sintió avergonzado – pero creo que eso es imposible.
- No es imposible, la verdad el pozo sigue abierto, solo tiene una gran coladera que impide que yo pueda pasar a través de ella, la capilla fue construida alrededor del pozo sin que fuera destruida.
- ¿Y por qué no te has ido entonces?
- Aunque vivo ahí, sigue siendo terreno Santo y eso me impide alterar todo lo que haya en él, no podría alzar la coladera para poder irme.
- Yo podría ayudarte…
- No, no te pediría eso.
- No me lo pediste y somos amigos.
- ¿Amigos? – el ser parecía extrañado
- Así es, amigos – Gustavo sonrió.

Ambos se dirigieron en silencio hacia la capilla, Gustavo entró con dificultad para no hacer rechinar la madera ya podrida de la entrada, mientras lo hacía con notoria dificultad, ni siquiera fue consciente de cuando aquel ser entró o de cómo lo hizo, este lo guio hasta una pequeña silla, la hizo a un lado sin dificultad y le mostró la coladera, se veía bastante vieja y pesada.

- Gracias por hacer esto por mí – le dijo aquel ser.
- No hay de qué, aunque no sé si pueda hacerlo realmente.
- Yo te ayudaré, tú solo agarra la coladera, yo tomaré tus brazos y ambos jalaremos, lo haremos juntos.

La verdad es que a Gustavo le pareció que todo el trabajo lo hizo aquel ser, pero estaba hecho, por fin podría irse a casa. Al desprenderse la coladera pudo ver que no tenía mucha profundidad como él pensaba. Quizá tres o cuatro metros, estaba vacía, se giró para ver a su amigo y preguntarle qué seguía a continuación y lo que vio lo dejó petrificado.

Los ojos amarillentos de aquel ser brillaban con malevolencia, su boca abierta dejaba entrever unos colmillos muy afilados, sus manos extendidas no hacían sino hacerlo ver más aterrador.

- Gracias, amigo mío – su voz gutural resonó en la capilla.

Gustavo soltó un gran grito y dio un paso atrás que le provocó que cayera en el pozo golpeándose la cabeza, perdió el conocimiento.

Al despertar se encontraba en la sala de un hospital, sentía que la cabeza le punzaba, su madre y su padre se encontraban afuera hablando con un médico de mediana edad, no se habían percatado de que él ya estaba consciente, se levantó con un ligero esfuerzo y se dirigió al baño, al llegar ahí se miró al espejo, tenía una venda en la cabeza y se veía un poco inflamado, nada mal para haber caído desde esa altura.

Se examinó rápidamente todo el cuerpo, todo estaba bien, al parecer solo era el dolor del golpe y ya, nada más, se miró a la cara y su reflejo le gustó demasiado, esa apariencia le sentaba bien. Ya no tenía que andar ocultándose entre las sombras, ahora podría hacer lo que le viniera en gana, nadie notaría lo que pasó, era lo bueno de tomar el cuerpo de algún niño, cualquier cambio y los padres pensaban que se debía a la adolescencia o algo así.

Aquel ser sonrió para sí mismo, la de cosas que haría ahora con un cuerpo humano. Ese niño había sido un iluso al creer en él, le había costado trabajo que fuera hasta su casa, que creyera en él, pero al final lo había conseguido, había podido apoderarse de su cuerpo, y ahora no lo dejaría jamás. Qué tonto había sido al haberlo seguido, ahora su alma quedaría encerrada en aquella capilla, un intercambio muy bueno para poder salir.

Se quitó la venda rápidamente, disfrutando el dolor que le provocaba. "Un pequeño precio a pagar" – Pensó – salió y abrazó a sus nuevos padres.

BANQUETE DE BIENVENIDA

- No tienes que irte, hija. – Mi madre tenía los ojos llorosos. – Sabes que tu papá y yo somos felices de tenerlos aquí, le dan vida a la casa. Nos hace feliz.
- Yo lo sé mamá, pero no podemos estar siempre aquí, ya mucho has hecho por nosotros. – La abracé muy fuerte. – Además estaremos a tan solo unos minutos.
- Pero aún no tienes amueblado por completo, puedes esperar y…
- Mamá – la interrumpí, mientras tomaba su mano. – Ya lo hablamos, estaré bien, tengo las cosas necesarias, después iré amueblando más.
- Está bien corazón, pero… - Ella empezó a llorar. – Te amo mucho, y a mi nietecito también.

Mi madre cargó entre sus brazos a Javier, mi bebé y le dio muchos besos.

- Despídete de la abuela, Javi.

Tomé a mi bebé y nos fuimos a nuestro nuevo hogar. El viaje fue corto, apenas diez minutos caminando, Javi iba contento mientras veía el paisaje desde su carriola.

Entramos al edificio, nuestro departamento estaba en la última planta, la sexta, era pequeño, pero cómodo. El precio por el departamento había sido muy accesible, me puse feliz de saber que pude aprovechar esa oportunidad de compra, aunque la tristeza volvió una vez entendí que jamás estaría ahí con mi Alonso, él había muerto hace cinco meses, era conductor en una línea de autobuses, pero, por la negligencia de un conductor ebrio, falleció en un accidente, de hecho, con el dinero que me dieron de su seguro de vida laboral, pude pagar el departamento.

Ya antes había ido en algunas ocasiones para desempacar y acomodar, así, cuando llegara con Javi, solo nos quedaría empezar a vivir esta nueva etapa. Me gustaba ahí, no había vecinos ruidosos, eso permitía que Javi pudiera dormir tranquilo, sin que nadie lo molestara, yo trabajo desde casa, así que eso me permitía prestarle la atención necesaria.

Al día siguiente tenía que salir a comprar algunas cosas al mercado, el aire fresco le agradaría a Javi, hicimos las compramos, visitamos a mí mamá y después de algunas horas volvimos a casa.

En la puerta del edificio me encontré con un señor de unos cuarenta años, aproximadamente, él me miró con mucha curiosidad, y luego a la carriola.

- ¿Es, es, es un bebé? – dijo, más afirmando que preguntando, había emoción en su voz.
- Hola, sí, es mi bebé, perdón, Mónica. – Estiré la mano y me presenté. – Somos nuevos aquí, somos del 602.
- Mucho gusto, Mónica. – Contestó, sin dejar de ver a Javi. – Me llamo Cristian, espero les guste la colonia. Es muy tranquilo aquí.
- Mucho gustó, sí, es un lugar agradable, que tenga linda tarde.

Subimos por el ascensor y al llegar ahí nos encontramos con otro vecino.

- Buenas tardes. – Se notaba que era alguien un poco huraño.
- Buenas tardes, mi nombre es Mónica. – Intenté ser amable.
- Hugo. Mucho gusto, Mónica.

Pasó junto a nosotros y noté que al igual que Cristian, miraba con asombro a mi bebé. Esa noche hubo ruido en las escaleras, gente subía y bajaba a cada momento, esto se repitió por dos horas. No era algo que llamara mucho la atención, pero sí, notorio cuando tienes un bebé e intentas hacer que duerma. A la mañana siguiente me despertó el timbre de la casa. Me asomé por la mirilla, era una señora de edad avanzada, quizá tendría ochenta.

- Hola, buen día. – Dije al abrir.
- Hola, quería darle la bienvenida al edificio.
- Señora, muchísimas gracias, mi nombre es Mónica, aquí estoy para lo que necesite.
- Muchas gracias niña, me llamo Lucía, vivo en el 302, si necesitan algo, pueden ir ahí, solo tienen que tocar fuerte porque casi no escucho ahora.
- Claro señora es usted muy amable.

La señora me dio un pan horneado y sonrió.

- ¿En verdad? – Yo me sorprendí. - ¿Usted horneó esto?
- No mi niña, lo compré para ustedes, para ti y tu bebé. – Tu bebé, ¿puedo verlo?
- Claro, está dormido ahora, así que vamos a verlo.

Pasé a la señora al departamento, ella avanzaba despacio, la guie hasta mi habitación, al lado de mi cama estaba la cuna de bebé.

- Se llama Javi. – Dije, mientras le mostraba a mi pequeño.
- Es… adorable, es tan pequeño, tan lindo. – Ella lo veía con mucha ternura. – Javi, que buen nombre.
- Es muy tranquilo, apenas tiene diez meses, pero jamás me ha hecho berrinches.
- Qué lindo e inteligente, sabes, tiene mucho que no hay bebés aquí. A todos les gustará.

La señora se fue y yo continué con mis actividades. Empecé a trabajar, tenía algunos proyectos por hacer, y no quería postergar el trabajo. Ya por la tarde, fuimos a ver a mamá, comimos con ella, conversamos. Mi padre llegó, jugaba con Javi, lo hacía reír más que nadie, y tenía una facilidad para hacerlo dormir que yo no entendía, él sólo lo tomaba en sus brazos y Javi empezaba a dormir. Esa noche nos fuimos tarde a casa.

Antes de llegar al departamento, alguien me tomó por detrás del hombro.

- Tiene que irse de ahí, tienes que sacar a tu bebé. – Estaba gritando.
- ¿Qué te pasa?, suéltame. – forcejé para poder zafarme.
- No lo entiendes, tienen que irse, ahí habita el demonio. – señaló al condominio. – Es por su bien.

Era una señora no tan grande, quizá la edad de mi madre, se veía demacrada y se notaba no había dormido en días.

- Yo también tenía un niño, mi Angelito, vivíamos ahí y una noche… - comenzó a llorar. – Lo que paso ahí…

Me empujó, jaló mi carriola y le dio vuelta, quiso andar con ella en dirección contraria.

- Tiene que irse. – Dijo decidida.

La empujé con todas mis fuerzas, ella calló, mientras tanto, tomé a mi bebé y empecé a gritar. Alguien salió corriendo del condominio.

- ¿Todo bien Mónica? - era Cristian.
- Ayúdame por favor, intentó arrebatarme a mi bebé. – Señalé a la demente mujer. – intentó secuestrarlo.
- No, eso no es cierto. – Su voz estaba entrecortada.

La señora se levantó del piso rápidamente, de pronto se veía más lúcida, tenía miedo, quizá de saber que alguien más estaba ahí observando sus locuras. Se dio la vuelta y se fue.

- Maldita mujer. – Las lágrimas no dejaban de salir.

- Tienen que tener cuidado, hay demasiado demente suelto, y una chica y un bebé solos no están seguros a estas horas. – Había preocupación en su voz.
- Gracias, en verdad, gracias. – No sé qué habría pasado si no llegas.
- Para eso están los vecinos, ¿no es así? – Cristian sonrió.

En cuanto Javi y yo estuvimos del otro lado de la puerta de la casa, le hablé a mamá de lo sucedido, ella me hizo prometer no salir tan tarde y que, al irme de noche de su casa, sería en compañía de mi padre. Esa noche dormí al lado de mi bebé.

A la mañana siguiente fui a ver a mi madre, quería verla y hablar sobre lo sucedido el día anterior. Ella me abrazó a mí y a Javi como si acabáramos de regresar de la guerra. Cuando mi padre llegó le platiqué todo, y él se preocupó bastante, decía que ese no era ya un lugar seguro. Justo había visto en el periódico de una mujer que habían encontrado cerca de ahí con los intestinos de fuera y sin ojos ni lengua.

Él aventó el periódico a la mesa, yo pude ver la foto de esa nota sensacionalista. Corrí al baño a vomitar, una taquicardia invadía mi cuerpo. En la foto estaba la señora del día anterior, a pesar de todo, podía reconocerla, era la misma persona, la misma ropa, no podría olvidar a quien intentó arrebatarme a mi bebé. No dije nada a mis padres, ni yo podía creerlo, solo tenía miedo, ese lugar se había vuelto muy peligroso.

Nos quedamos a dormir en su casa aquella noche. Cuando llegamos al departamento, nos encontramos con la señora Lucía, se veía muy cansada.

- Hola niña, y hola pequeño Javi. – Dijo con gran emoción al verlo.
- Hola señora, espero esté muy bien.

- Ayer me encontré con Cristian, el del 101, me comentó lo que les pasó a ti y a tu hermosura. – Bajó el tono de voz. – Espero no te moleste, lo hizo para que yo también tenga cuidado, ya estoy muy grande y él solo se preocupa.
- Descuide señora, no es un secreto, y estoy muy agradecida con él. – Quise tocar el tema, pero no me pareció sensato, no quería alarmarlos más.
- Y después de hablar y hablar, nos dimos cuenta de que nunca te dimos una bienvenida a este lugar. – Parecía apenada.
- Señora, pero si todos ustedes han sido muy amables, y usted ya me dio la bienvenida, ¿recuerda?
- Esa fue mi bienvenida personal para ustedes, pero ahora quieren darte la bienvenida todos.
- Está bien, usted gana.
- Te veremos a las ocho, será en mi departamento, recuerda tocar fuerte, ya casi no escucho. – Dijo esto último, mientras se iba.

No sabía si asistir o no, era la primera vez que saldría a una fiesta o reunión desde que mi Alonso había partido. Tenía sentimientos encontrados, una parte de mí quería ir, convivir con quienes habían sido amables conmigo y otra solo quería quedarse. Al final decidí ir. Tomé a mi Javi y ambos fuimos al departamento de la señora Lucía.

Tocamos hasta que un tipo alto nos abrió, era alguien que ya conocía, su nombre era Eduardo, él vivía junto con su esposa Ximena, en el departamento 101, lo había conocido cuando compré el mío, era él quien llevaba la administración del condominio. El departamento de la señora Lucía era hermoso, tenía su vajilla de porcelana, sus cortinas eran hermosas y su sala se veía bastante costosa.

- Traje esto. – Le di un pastel que había comprado por la tarde, me arrepentí de no comprar uno más costoso.

- Mi niña, no te hubieras molestado. Gracias. – Se veía feliz por el gesto.

Llegaron más personas, éramos alrededor de nueve. No todos los departamentos estaban ocupados. "Por eso no hay tanto ruido" pensé. Nos sentamos en la mesa y lo primero que hicieron fue querer brindar, ellos sabían que yo no podía por la lactancia, así que me ofrecieron un vaso de agua para poder hacerlo con ellos, yo accedí, pero al llevar el vaso a mi boca noté dos cosas:

1. El extraño olor que provenía del agua, agua que se suponía era simple.
2. La cara de todos viendo y esperando que tomara dicho líquido.

Decidí fingir que tomaba y bajar el vaso, todos se dieron cuenta, pero nadie dijo nada. El ambiente había cambiado de repente. Yo me empecé a sentir incómoda, y quería salir de ahí.

- Disculpen, les agradezco todo, pero mi bebé tiene que dormir y…
- Dámelo, que duerma en mi habitación. – Dijo Lucía, con tono tranquilizador.
- Gracias, pero, ya es algo tarde y tengo trabajo por hacer. – Mentí.
- El trabajo puede esperar, hay cosas más importantes, e interesantes en la vida, créeme. – Era otro inquilino.
- Otro día será… – Todo era bastante incómodo.
- Por lo menos brinda con nosotros Mónica. – Dijo Eduardo. – Su tono era grave.
- Vamos, vamos, si no quiere no y ya. – intervino Cristian. – nosotros podemos comer y brindar por ella, ya habrá otra ocasión en la que se nos una. ¿Verdad?

La cara de Cristian estaba deformada, su sonrisa se veía exagerada, sus ojos muy abiertos y no paraba de reír. Todos empezaron a hablar, se veían entre ellos y luego a mí y a mi bebé. Cristian se relamía los labios.

- En verdad me tengo que ir. – Dije, mientras cargaba a mi bebé.

Me levanté y me dirigí a la puerta mientras apretaba a Javi contra mi pecho. Ximena nos impidió el paso, me miraba divertida. Se escuchó una silla caer, giré la vista.

- Nadie se irá de aquí hasta que comamos. – dijo Lucía.

Apenas dijo eso, todos se quedaron en silencio, retrocedieron un poco y la miraron con miedo.

De la boca de la señora Lucía empezaron a salir unos colmillos, todo su cuerpo empezó a contorsionarse mientras se escuchaba el crujir de sus huesos al romperse, todo esto parecía disfrutarlo. Los demás estaban en silencio, ya no me prestaban atención.

Yo tenía miedo, me oriné encima, aquel ser ya no era más la señora Lucía, era algo salido del infierno, su boca era enorme, sus brazos muy largos, sus garras llegaban hasta el suelo, y sus ojos no dejaban de ver a mi bebé. Grité tan fuerte que hizo que mi Javi también lo hiciera, eso era una pesadilla.

Hugo intervino.

- Mira, como te habrás dado cuenta, tratamos de drogarte, así esto no sería tan dramático para ninguna parte, ahora solo quedan tres opciones para ti, Mónica:
1. Comemos todos juntos y vivimos pacíficamente.
2. Dejas la comida y te vas.
3. Tenemos doble comida.

Solo podía recordar lo que me dijo aquella señora, "tienen que irse, tienen que irse".

Héctor dijo tres opciones, pero yo sabía que solo había una.

Hoy unos nuevos vecinos han llegado al condominio, es una pareja recién formada, parece ser que tienen un bebé.

Estoy emocionada, tiene tiempo que no hay un bebé aquí, me alistaré e iré a invitarlos al banquete de bienvenida.

DÍA DE MUERTOS

- ¿Te ha pasado que ves a alguien y te resulta familiar? – preguntó Ezequiel. – Aunque sepas   que no lo conoces.

- Creo que no, ¿por qué la pregunta? – contestó su madre.
- Justo hace un momento, cuando iba a pedir una pala y una escoba al guardia de la puerta, vi a una chica y tuve esa sensación.

La madre de Ezequiel lo miró de pies a cabeza y después de suspirar dijo:

- Deberías concentrarte en limpiar la tumba de tu padre en lugar de estar viendo chicas.
- No mamá, no es eso, de hecho, no había notado que estaba ahí hasta que sentí su mirada, era como si me atravesara. Fue muy raro. Si la veo de nuevo, te diré.

Mientras limpiaba, Ezequiel lanzaba miradas furtivas por el cementerio, para tratar de localizar a esa chica misteriosa pero no lo conseguía. A esa hora, el lugar estaba lleno de personas que, como cada año, el día muertos, se reunían para expresar sus respetos y honrar a sus muertos.

Unas horas más tarde y ya en casa, Ezequiel había olvidado lo sucedido, decidió salir un momento con sus amigos y distraerse. Fueron a la plaza comercial, en el cine se exhibía una película de terror y entraron. Después de un instante esa opción ya no parecía tan buena, los chicos estaban acostumbrados a emociones fuertes y esa película solo parecía ser una cinta llena de "screemers". Ezequiel estaba a punto de dormirse cuando algo llamó su atención, en la primera fila estaba sentada una chica de cabello negro y lacio, parecía de hombros estrechos y vestía una prenda blanca. Por un momento, Ezequiel se perdió tanto en la visión de esa chica, que sintió como si estuviera dormido.

Uno de sus amigos le habló mientras lo sacudía del brazo.

- ¡Despierta!
- ¿Qué pasó? - respondió sobresaltado.
- Te quedaste dormido, hasta te tomamos fotos – respondió, mientras sus otros amigos reían desde sus asientos.
- No, claro que no, oigan, ¿vieron a la chica? La de la primera fila. – preguntó Ezequiel.
- Ezequiel, somos los únicos que quedamos en toda la sala, estabas durmiendo. – sus amigos seguían riendo ya sin contenerse y todos habían sacado el celular.

Los chicos salieron de la sala entre risas, bromas y empujones, todos menos Ezequiel, quien recordó su encuentro con la chica del cementerio durante la mañana y casi pudo jurar que se trataba de la misma persona. Sabía que no había sido un sueño. No se sentía así.

Mientras avanzaban por el centro comercial en busca de un lugar para comer, Ezequiel pudo ver una vez más a la misteriosa chica, esta vez y a pesar de la distancia la miró directo a los ojos. De nuevo le recorrió el cuerpo esa sensación de familiaridad cuando reconoces a alguien, pero estaba casi seguro que no conocía a esa chica, o no recordaba.

Se disculpó con sus amigos, dijo que tenía que irse y trató de seguir a la misteriosa mujer.

La siguió discretamente hasta que salió del centro comercial. No se explicaba cómo alguien tan delgada y de frágil apariencia podía caminar tan rápido, casi no le seguía el ritmo. Después, caminó tras ella hasta una avenida que estaba llena de gente, pues se llevaba a cabo un desfile con motivo de la celebración de día de muertos. A pesar de la multitud no la perdía de vista, era como si su mirada estuviera unida magnéticamente a esa chica, a su largo cabello negro y a su esbelto cuerpo. Ella siguió avanzando sin detenerse.

La persecución continuó hasta que ella se detuvo en un terreno baldío, que estaba al lado de una preparatoria, la misma en la que Ezequiel había estudiado.

Cuando pudo alcanzarla y recobrar el aliento, preguntó.

- ¿Quién eres? Te he seguido hasta aquí y por cómo me miraste sé que me has visto antes, que me conoces, pero no te recuerdo, lo siento – apenas dijo estas palabras se sintió apenado y tonto.

La chica se dio la vuelta y miró a Ezequiel, en sus ojos había indiferencia, incluso se podría decir que hasta un poco de asco.

- ¿Me seguiste sin saber quién soy? ¿Acaso eres un acosador o un pervertido?

Ezequiel se sentía como un verdadero tonto, nunca se había sentido tan indefenso, se sintió vulnerable ante la mirada de aquella mujer, ante aquella situación.

Solo pudo observar fijamente a la chica, era hermosa, tenía unos rasgos perfectos: sus ojos eran negros pero luminosos, su piel blanca parecía ser tan suave como el terciopelo y sus labios, apretados por el enojo, eran un capullo de rosa a medio abrir.

Él estaba intimidado.

- Solo sé que te conozco, pero no sé de dónde, no logro recordarlo, lo siento – dijo Ezequiel.
- Así es, nos conocemos, o nos llegamos a conocer hace tiempo. – dijo la chica.

Ezequiel parecía confundido, su cara reflejaba este sentimiento, pero la chica continuó.

- Fue en otro tiempo, yo no me veía así, y claro que tú tampoco eras así, eras más chico, entonces me llamabas "Luna".

Ezequiel sintió una punzada en el pecho. La chica continuó:

- Las primeras veces me dabas de comer, me bañabas, me acariciabas, me hiciste sentir amada, pero con el tiempo todo cambio, ¿verdad?

Dejaste de preocuparte por mí, empezaste a salir con tus amigos, creciste, ya no querías que me acostara en tu regazo, no querías que soltara pelo en tu cama, no querías escuchar mi ronroneo, aunque eso solo lo hacía porque yo estaba feliz de estar contigo.

Y lo peor de todo fue aquel día, aquella tarde. Ezequiel empezó a sollozar.

- Aquella tarde – continuó la chica – cuando tú y tu novia me asesinaron, justo hace siete años, todo por querer hacer un ritual de amor eterno. ¿De qué te sirvió Ezequiel? ¿Sigues con ella? YO SÍ TE AMABA, YO SÍ ERA FELIZ A TU LADO.

- Era un niño… lo siento – Ezequiel no paraba de llorar, en su mente el suceso se repetía.
- Y yo era tu amiga…

La chica se acercó a Ezequiel, de su vestido sacó un cuchillo y se lo enterró en el cuello, el muchacho cayó al piso y empezó a desangrarse mientras veía los ojos de la chica, ahora recordaba dónde había visto aquella mirada, en los ojos de su linda y tierna gata. Ezequiel murió lentamente.

La chica se agachó sobre el cuerpo de su antiguo amigo, le lamió la frente y se fue de ahí, vio pasar de nuevo al desfile del día de día de muertos y se mezcló con la multitud. Era bueno ajustar cuentas finalmente.

LA CAÑADA

Las clases habían acabado, mis amigos y yo tendríamos unas semanas libres hasta regresar a la universidad, nos merecíamos un descanso y habíamos decidido ir a la playa, el problema de esto era que no contábamos con el dinero para financiar el viaje, así que tuvimos que pensar en una segunda opción, al final nos decidimos por ir al pueblo de donde Luis era originario, en ese pueblo había una vegetación abundante, y nos había platicado de una cañada donde había una cascada y un pequeño lago dónde nadar, al estar un poco retirada del centro del pueblo, pocas personas iban y podíamos estar tranquilos de que nadie nos molestaría ahí, nos pareció una buena opción para acampar e incluso nos sobraría dinero para bebidas.

Luis era el único que era de un pueblo, Ismael, Sebastián y yo siempre habíamos vivido en ciudad, así que dejamos que él estuviera a cargo de comprar lo que se necesitaría para ese viaje. Iniciamos el viaje que duró más o menos cinco horas desde la ciudad, parecía que nunca llegaríamos, tuvimos que cambiar de transporte varias veces, y cada vez el vehículo y las carreteras parecían más viejas.

Al llegar al pueblo, todos nos encontrábamos emocionados de haber llegado por fin y por la belleza del lugar, el pueblo era pequeño, y entre cada casa había una distancia considerable, no había una delegación o algún edificio gubernamental o de salud, no se veía por ahí ningún policía, la ley era el pueblo mismo y el representante, alguien a quien ellos llamaban delegado. En el pueblo tampoco había cobertura telefónica, e incluso no todas las casas contaban con energía eléctrica, esto, que para muchos otros chicos de ciudad hubiera sido una tortura, para nosotros representó un reto y lo veíamos como algo que, sin duda, sería digno de recordar, para bien o mal.

La primera noche la pasaríamos en la casa de Luis, así que fuimos y dejamos nuestras cosas, en su casa no se encontraba nadie, él nos comentó que sus padres habían hecho un viaje para visitar a su hermano mayor, así que tendríamos la casa solo para nosotros, de modo que, si al acampar no nos gustaba o llovía, podríamos contar con un cálido techo.

Fuimos a comprar las provisiones, lo cual nos costó mucho trabajo, ya que la única tienda que encontramos abierta era muy pequeña y no muy abastecida, para nuestra suerte Sebastián había llevado consigo algunos víveres, eso nos tranquilizó, Sebastián siempre pensaba en todo.

Paseamos por el pueblo, todos nos veían como si hubiéramos llegado de otro mundo, era algo gracioso, porque pese a que Luis era de ahí, nadie lo reconocía. Él nos comentó que solo había vivido ahí los primeros diez años de su vida y que por la escuela iba al pueblo cada mes, y eran muy pocos los que lo conocían.

Estábamos contentos y relajados pese a llevar solo unas horas ahí, a excepción de Ismael, quien desde que salimos de la ciudad se veía muy fastidiado, él quería ir a la playa para ver chicas en traje de baño, y se llevó una gran decepción al ver que, las chicas del pueblo, en su mayoría estaban casadas.

Su actitud era un tanto hostil y se quejaba de todo, del transporte, de cómo nos veían los del pueblo, de la comida, que en su mayoría sería enlatada y de todo lo que podía. En la tarde, las cosas se complicaron un poco, ya que al estar caminado por el pueblo mientras Luis nos contaba acerca de los lugares cercanos para visitar, el delegado se nos acercó y nos cuestionó de un modo agresivo el motivo de nuestra estancia, le dijimos que habíamos ido a acampar por la cañada, el soltó una carcajada y nos dijo que estaba prohibido.

Cada que nos preguntaba algo, Ismael le contestaba con un tono desafiante y cargado de soberbia, e incluso le llegó a preguntar al delegado que, si en verdad estaba prohibido acampar en la cañada, nos mostrara en dónde estaba estipulado. Sin dejar de mirarnos con sospecha, el delegado nos respondió que había animales peligrosos y que no era prudente bajar ya iniciada la noche.

Sebastián mintió y dijo que tomaríamos en cuenta sus recomendaciones de no ir y que agradecía sus advertencias. El delegado se despidió con una última advertencia: - En esa cañada ha desaparecido gente, así que cuidado – y se fue.

Al llegar a la casa todos reímos, le preguntamos a Luis por la prohibición que nos hizo el delegado, él nos comentó que la gente era muy supersticiosa y que recordaba que, de niño, oía historias de gente que bajaba a la cañada y no regresaba, yo tampoco pude evitar reírme y le dije que seguramente eran historias para que los niños no se acercaran a la cañada, Sebastián apoyaba mi idea.

Ya adentrados en ese tema, empezamos a contar historias de terror, ya fueran vividas o que solo hubiéramos escuchado, el único relato que me erizó la piel fue el de Ismael, que nos contó que en un lago cerca de la casa de una de sus tías, vivía un demonio que mataba a las personas que iban ahí solas, al final de cuentas el supuesto diablo resultó ser un asesino de carne y hueso, pero, el modo de relatar su historia, me dejó algo atemorizado.

Ya eran las dos de la mañana cuando decidimos ir a dormir, a mí me tocaría compartir cama con Sebastián, Luis e Ismael estarían en otra habitación. Juraría que me acababa de quedar dormido cuando desperté sobresaltado.

Se oían unos ruidos no muy lejos, era como si un animal se quejara, recordé que era un pueblo y que de día había visto animales de granja así que supuse era normal, pero el ruido que hacía era muy desagradable, después de un rato pude dormir de nuevo.

A la mañana siguiente me despertó Sebastián, quería hacerles una broma a los demás, pero no pudimos hacerlo ya que los otros se encontraban despiertos desde antes. Todos desayunamos juntos, les comenté acerca del ruido que había escuchado en la noche, solo Ismael lo había oído, pero él no se había espantado, me dijo que algunos animales cuando están en celo emiten ese tipo de sonidos, eso me tranquilizó.

Esa tarde preparamos nuestras maletas para ir a la cañada, todos habíamos decidido ir y acampar, apenas era mediodía cuando empezamos el descenso, no había ningún camino marcado, había muchas pierdas sueltas y resultaba gracioso oír cada pocos minutos como caía algo, voltear y ver con cara de confusión a Luis, según él sería nuestro guía, pero parecía el menos apto para esa misión, sin embargo, Ismael demostraba gran fuerza física y resistencia, mientras todos, a duras penas podíamos seguirle el paso, él parecía una de esas cabras de montaña, igual de audaces e igual de locas.

Yo me arrepentí de haber decidido ir a acampar, el descenso era agotador y no quería ni pensar cuando tuviéramos que volver, parecía que Luis compartía mi idea, y ahora Ismael se encontraba muy emocionado, nos hablaba acerca de la vegetación del lugar y nos decía los nombres científicos de algunas plantas y árboles, ninguno de nosotros imaginaba que detrás de esa mole con cara de idiota, de hecho, se encontraba alguien inteligente con espíritu aventurero, creo que ni él lo sabía.

Al llegar a un punto en donde estaba medianamente despejado y plano, pusimos nuestro campamento, en realidad lo pusieron Sebastián e Ismael, porque Luis y yo teníamos la labor de buscar leña para una fogata que haríamos.

Ismael nos reprimió por la leña que habíamos juntado ya que, según él, la leña verde no ardía, así que él se fue a buscar más, cuando llegó, prendimos la fogata y empezamos a comer salchichas que habíamos llevado. No eran más de las siete de la tarde y ya estaba totalmente oscuro, además de la fogata, solo disponíamos de una linterna que había traído Sebastián, era al único que se le había ocurrido que podríamos necesitarla.

Hablamos por horas sobre lo que haríamos al acabar la universidad, bebimos un poco de tequila que había traído Sebastián, no tomamos mucho pero si lo suficiente para empezar a hablar sobre chicas y algunas tragedias familiares que habíamos tenido, estábamos muy cómodos, pero yo sentía como si alguien nos estuviera observando, no comenté nada y seguimos platicando, entonces todos oímos un ruido muy parecido al rebuznar de un burro, el ruido se escuchó muy cerca, de modo que pensé que no estaría a más de veinte metros, pero ahí, en la oscuridad era imposible ver con claridad.

El ruido nos sobresaltó, pero no le dimos importancia. Solo pasaron unos minutos cuando Luís se paró y dijo que iría a hacer del baño, el alcohol lo había mareado y yo insistí en acompañarlo, pero no quiso, supongo que el pudor muchas veces puede más.

Un momento después, escuchamos un golpe y un grito ahogado, todos nos preocupamos, pensamos que Luís se había resbalado, la tierra estaba muy floja, y si totalmente sobrio costaba trabajo descender, bajo los efectos del alcohol, sin duda sería muy difícil.

Apenas acabábamos de asimilar lo sucedido cuando Sebastián tomó su linterna y enseguida se encaminó hacia donde habíamos oído el golpe, de pronto empecé a sentir una ansiedad muy grande, Ismael se colocó a mi lado y me dijo que para la próxima iríamos a la playa, entonces Sebastián gritó y de pronto apareció frente a nosotros, y nos dijo que teníamos que irnos de ahí, yo pregunté dónde estaba Luis, volteé hacia la maleza y vi cómo de la oscuridad salía una criatura horrible, tenía la cabeza como la de un burro o caballo, pero con piel humana, como si esta se hubiera estirado hasta tomar esa forma , caminaba en dos patas, tenía las manos bastante largas y con dedos más parecidos a garras, toda su anatomía era humana pero se veía horrible, era algo enorme, eso no era humano.

Todo sucedió muy rápido, con furia, la bestia molió a golpes a Sebastián, el pobre no pudo hacer nada, en tan solo segundos lo asesinó.

Yo estaba petrificado frente a tal escena, vi que la bestia me miraba fijamente con sus enormes ojos amarillos, se abalanzó contra mí, pero Ismael con un movimiento sumamente veloz, tomó un pedazo de madera que aún estaba ardiendo de la fogata y lo golpeó justo en un ojo, la bestia se retorció mientras emitía un sonido de dolor, nosotros aprovechamos el momento para correr, era muy oscuro, y por los árboles que había ahí, la luz de la luna no nos podía ayudar, no veíamos el camino, tropecé tres veces y llegué a caerme, pero Ismael me ayudaba a ponerme de pie.

Seguíamos corriendo, no podíamos gritar, jadeábamos de cansancio, no teníamos energía y además sabíamos que nadie nos escucharía, el camino de regreso era sumamente difícil de recorrer, sentía que mis piernas no me respondían, pero cada que tropezaba, Ismael jalaba de mí.

Aquella bestia nos estaba alcanzando, escuchábamos sus gruñidos cada vez más cerca, y entonces, la vimos de frente, sangraba de un ojo, pero con el otro nos observaba y puedo jurar que inclusive estaba sonriendo, parecía que todo eso le causaba gracia. Tenía la esperanza de que esa cosa, pese a su extraña apariencia, fuera como muchos animales y al estar herido se fuera, pero esa bestia era inteligente, y parecía que el estar persiguiéndonos, le excitaba.

Nos estaba observando, me miraba fijamente de pies a cabeza y luego a Ismael, y de nuevo a mí, entonces, se abalanzó sobre Ismael, este trató de pelear con la bestia, pero cuando lo embistió, parecía como si lo hubiera arrollado un camión, justo al verlo frente a Ismael me di cuenta de lo grande que era la bestia, Ismael medía alrededor de 1.90m y apenas llegaba a medio pecho de la bestia.

Quise ayudar a mi amigo, tomé una rama cercana y empecé a golpear a aquella criatura, la golpeaba con todas mis fuerzas, pero mi esfuerzo era en vano, aquella criatura seguía golpeando a Ismael. Mi amigo me miró, y en su mirada había algo más que resignación, su mirada me liberaba de toda culpa de dejarlo solo, me perdonaba porque sabía que no podía hacer nada para ayudarlo, solo alcanzó a decir: "Corre", con sus últimas fuerzas abrazó a aquella bestia para permitirme huir, aunque fuera unos segundos. Empecé a llorar y salí corriendo de ahí, corrí lo más rápido que pude, corrí alrededor de quince minutos, que parecieron una eternidad, entonces vi algo, era una casa, tenía que llegar rápidamente, la bestia ya iba tras de mí, la escuchaba, sentí que me alcanzaría, pero entonces muchos perros salieron de la casa y empezaron a ladrarle, ahuyentaron a la bestia, otro perro me mordió la pierna, pero eso no era nada comparado con lo que me hubiera pasado si la bestia me hubiera alcanzado, escuché como se abría la puerta y al sentirme más seguro, volteé para ver que ya no era perseguido.

La criatura se hallaba a más de cien metros, y poco a estar a esa distancia pude ver sus ojos, nunca olvidaré su mirada, el odio que mostraba, era lo más horrible que había visto. De la casa salió una señora de alrededor unos cuarenta años, me metió a su hogar y me preguntó por lo sucedido, aunque quería decirle todo lo que había pasado no podía hablar, estaba en shock y, por más que me esforzaba, no podía formular una oración completa.

La señora me dijo que su esposo era el delegado del pueblo, que llegaría al amanecer y que veríamos que hacer, yo estaba tan cansado que me dormí o me desmayé, no lo sé. Al recobrar la conciencia, ya habían pasado dos días, aún me encontraba algo desorientado, estaba en una cama de hospital y unos tipos de traje que decían ser oficiales de policía, me interrogaban por lo sucedido, yo les platiqué todo lo que recordaba, ellos solo me veían con cara de tedio, no creían ninguna palabra de lo que les decía, uno de ellos me pasó un periódico, este decía:

"Se embriaga y mata brutalmente a sus tres amigos en la cañada."

Yo no los había matado, uno de ellos dijo que habían encontrado evidencia que me incriminaba, yo no creía lo que estaba pasando. Empecé a leer el artículo del periódico, había una entrevista al delegado del pueblo, este decía que el chico sospechoso, yo, había aparecido en su casa la noche de los asesinatos en estado de ebriedad y que mis ropas se encontraban llenas de sangre de mis amigos, él fue quien aporto la evidencia que ahora me incriminaba.

Primero me molesté, después, al ver la foto que acompañaba a dicho artículo, quedé horrorizado, el delegado tenía una herida en el ojo, del mismo lado del que Ismael había lastimado a la criatura. Ahora lloro y empiezo a atar cabos, pero no importa, me han declarado culpable, y aunque no fuera así, ¿qué puedo hacer?

TRES DESEOS PARA LA REINA

Hace tiempo, en un reino extenso y poderoso del cual el tiempo se encargó de hacer olvidar su nombre, mas no su historia, nació una princesa. Ella era la más hermosa de todo el reino, su inteligencia superaba en creces a la de los consejeros más sabios de los reyes y conforme crecía, sus habilidades en combate aumentaban. Era perfecta, o eso era lo que todos decían.

Con el paso de los años, y tras fallecer el Rey se, convirtió en la reina más amada del pueblo, por la gran prosperidad que trajo al reino. Pero la querida Reina, tenía un pequeño defecto: era demasiado vanidosa. Le encantaba que todos le adularan, que hicieran alarde de su belleza, que poetas, juglares y pintores de otros reinos fueran hasta donde ella solo para alabar su belleza y encanto. Le fascinaba que fueran a pedir su mano solo para poder rechazarlos. Nadie podía resistirse a su belleza, o eso parecía porque el tiempo, ese viejo rufián, tenía otros planes para ella.

Al paso de los años, arruga tras arruga aparecían en el rostro de la reina y su belleza se iba esfumando. Se dice que ella misma trataba de conservarse joven con miles de cosas que aprendía de curanderos y viejas brujas de su reino, y de reinos vecinos, así como de textos antiguos y prohibidos, pero nada parecía funcionar.

Para su cumpleaños número treinta y tres, era exagerado su miedo a salir en público y que la gente pensara se había vuelto fea, pero tampoco podia simplemente dejar de aparecer ante sus súbditos, así que se le ocurrió una idea: una mascarada. Y fue un éxito. Muchos invitados de todo el pueblo y muchos reinos vecinos acudieron y se divirtieron, la reina recibió muchos regalos, pero ella no estaba feliz, ya no tenía la misma atención que esperaba recibir.

Cuando por fin estuvo sola, abrió todos los regalos, uno por uno, había infinidad de cosas bellas, pero de todos sus presentes solo uno le llamó la atención: un viejo cofre, demasiado golpeado, incluso daba la impresión de estar muy sucio. La curiosidad le ganó a la repulsión y se decidió a abrirlo. Dentro había una especie de pergamino igual de viejo y desgastado que su contenedor, y en él decía:

"Tres deseos para la Reina"

La Reina soltó una carcajada burlona, arrugó el papel y lo tiró lejos. Para ser una broma era demasiado simple. Antes de dormir, inconscientemente le vino a la mente el papel escrito, y pensó: "Quisiera ser la mujer más hermosa del mundo, que todos me amen" y durmió con ese pensamiento.

A la mañana siguiente la Reina despertó y en sus manos estaba el pergamino, lo cual era extraño, ella recordaba haberlo tirado, o quizá recordaba mal, pensó. Al abrirlo decía: "Dos deseos para la Reina".

Para ser una broma, no es tan mala, pensó, y puso el papel en la cama. En cuanto las personas del reino la vieron, se hizo un silencio absoluto, era una visión hermosa, la belleza de la reina había regresado, incluso incrementando más que nunca. Muchos pobladores se rindieron a sus pies, otros más fueron en busca de regalos para su Reina. Ella se sintió feliz, como antes.

El pueblo una vez más sentía admiración por la belleza de su Reina, ahora no solo hombres, sino mujeres, niños, ancianos, todos querían admirar la belleza de su regente, querían estar cerca de ella, aunque fuera un poco.

La Reina sabía que no era algo que hubiera ocurrido por casualidad, supo que fue algo que pasó de un momento a otro y tras recordar y analizar se dio cuenta de que eso cambió desde aquel día que leyó el pergamino en su cumpleaños. Esa noche, antes de dormir, decidió pedir otro deseo, para sí misma.

"Quiero vivir para siempre, ser Reina por siempre, así, seré siempre hermosa y poderosa."

A la mañana siguiente, tenía el pergamino en la mano, y en él decía: "Un deseo para la Reina".

La reina tenía suficiente con eso, fue feliz mucho tiempo, demasiado, el reino no tuvo problemas con reinos vecinos, el pueblo no pasó hambre, pero nuestra reina tenía un conflicto, y es que después de tanto tiempo se sentía sola, en todo ese tiempo no había podido encontrar a alguien con quien compartir su vida.

Al estar rodeada de tantas personas que la amaban, era difícil saber si el amor era verdadero o era solo fruto de aquel deseo que pidió y aún peor, ya no le parecía bello vivir más que las demás personas, llorar por la muerte de todos los que estuvieron cerca de ella y que nadie pudiera entender ese sufrimiento. Jamás nadie la contradecía, nadie peleaba o discutía con ella, solo tenían tiempo de alabarla, de amarla, de decirle cosas hermosas. ¿Era eso realmente amor?

La reina en esos momentos recordaba la vida con sus padres, las discusiones que tenía y eran los recuerdos más preciados. Había intentado, con el último deseo, deshacer los anteriores, pero era inútil. Se arrepentía por su ingenuidad, por haber creído que la belleza y la inmortalidad eran algo que una simple humana podrían sobrellevar, estaba cansada.

Se dice, que el último deseo de la reina, fue alejarse, alejarse lo más posible de la gente de su reino, para que así no pudiera sentir más dolor, pero que también pudiera verlos de vez en cuando para así poder brindarles esperanza e inspiración con su belleza en los tiempos difíciles, entonces, solo aquellos que saben buscar, la encontrarán. Cada noche, la Reina cuida a su reino, y cuando suele recordar

las cosas felices, ella sonríe, y se le pude ver en la forma de
la Luna menguante.

EN LA ORILLA TE ESPERARÉ

Desde chico me gustaba estar en la biblioteca, me encantaba el olor de los libros, leer era mi más grande pasión, disfrutaba leyendo sobre aventuras, historia, incluso política, pero mis favoritos eran del género esotérico y los libros de romance, es que desde pequeño soñaba con el amor, en mis cuentos favoritos, en las grandes historias siempre había un hombre que, antes de encontrarse con su destino, debía conocer a una gran mujer, el amor de su vida, yo soñaba con eso, amaba ir a la biblioteca de mi pueblo, era un lugar enorme en donde podrías encontrar toda clase de libros y leerlos ahí mismo, claro que podías llevarlos a casa, pero yo prefería quedarme ahí y disfrutar de una buena lectura en esos cómodos sillones que adornaban la sala de la biblioteca, yo siempre consideré aquel lugar como mi segundo hogar.

En los libros podía ir a cualquier lugar del mundo, incluso a épocas pasadas, y eso me gustaba más que nada, pasaba la mayor parte de mi tiempo refugiado entre la lectura y eso me permitió conocer a la mayoría de personas que frecuentaban ese lugar, así como a la bibliotecaria una amable señora que a menudo me hacía muy buenas recomendaciones literarias, por eso fue que una tarde me extrañé cuando vi llegar a una chica que no frecuentaba ese espacio, estaba intrigado, ella era alta, delgada y con unas gafas que no hacían más que hacerla ver más atractiva, parecía tener mi misma edad, tenía el cabello recogido y se veía bastante alegre, desde que la vi me llamó mucho la atención, a partir de ese día ella frecuentó la biblioteca, yo estaba asombrado.

Generalmente mis visitas a la biblioteca consistían en ir cada tercer día y noté que ocasionalmente coincidían con las veces que ella iba, a veces, incluso nos sentábamos en la misma sala a leer en silencio, yo llegaba a voltear en su dirección y la encontraba viéndome fugazmente, eso me ruborizaba.

No pasó mucho tiempo hasta que encontré el pretexto perfecto para hablar con ella, tenía un libro que a mí me encantaba y me atreví a preguntarle su opinión sobre este, ella sonrió al decirme que, aunque apenas estaba leyéndolo, le estaba encantando, sin perder el valor que tenía le pregunté su nombre y seguí la conversación. Ella era Amanda, venía desde otra ciudad y a eso se debía el que no la hubiera visto antes en la biblioteca, también me dijo que, al igual que yo, amaba la lectura y disfrutaba estar ahí.

Nos hicimos amigos rápidamente, íbamos ahí a leer, nos recomendábamos libros el uno al otro y a menudo acertábamos, después salíamos por un helado o a comer pizza, como ella no tenía muchos conocidos en la ciudad, la invité a salir junto con mis amigos y ella fue muy bien recibida por ellos, ambos nos divertíamos bastante en compañía del otro, no está por demás aclarar que nos enamoramos rápidamente, o por lo menos, yo de ella.

Al cabo de unos meses fue ella quien me pidió que fuéramos novios, me dijo que yo ya había tardado en pedírselo y que si no tomaba ella las riendas en la relación seguramente yo no lo haría jamás, empezamos a ser novios oficialmente y todos a nuestro alrededor estaban felices, veían en nosotros a una pareja estable y, sobre todo, feliz.

Yo confiaba en ella más que en nadie, más que en mí mismo, cuando dudaba de mí, cuando creía que la fuerza se me iba, ella estaba a mi lado, cuando ella era quien flaqueaba yo la apoyaba incondicionalmente, éramos un equipo.

El tiempo pasó, los días a su lado se hicieron semanas, las semanas meses y los meses años, no fueron muchos, solo cinco, pero esta vez estaba decidido a ser yo quien tomara el siguiente paso, le pediría matrimonio, y así, justo después de su graduación, tendríamos otra fiesta, nuestra boda.

El día de nuestra boda fue el día que recuerdo con más felicidad y emoción, aún se me eriza la piel de pensar en ella, al verla llegar con su vestido blanco al altar, sentir la mano de su padre en mi hombro, diciéndome que estaba orgulloso de que fuera yo a quien su hija había escogido como pareja, el sonido de la música para nosotros y a la multitud de personas aplaudiendo nuestra unión, es lo más feliz que me he sentido.

Por un largo tiempo vivimos felices, reímos juntos, lloramos juntos, sí, había problemas, pero juntos los superábamos y nos levantábamos aún más fuertes.

El día más gris de nuestra relación fue cuando al salir del trabajo me empecé a sentir mal, poco a poco mis fuerzas se fueron, empecé a enfermar. Amanda y yo fuimos al médico y lo que me dijo nos dejó devastados, dentro de mi crecía el cáncer, me estaba consumiendo a una velocidad espantosa.

Empecé mi tratamiento y Amanda estuvo conmigo en cada momento, pero la medicina parecía no funcionar no era suficiente, la enfermedad era bastante fuerte y sus estragos se veían reflejados en todo mi ser.

Nunca dejé que mi ánimo cayera, no podía dejar que Amanda sufriera más de lo necesario, así que siempre mantuve firme mi sonrisa, siempre trataba de animarla, y ella me animaba a mí, aún en este abismo tratábamos de sonreír, por el motivo que fuera.

Yo sentía que mi tiempo se iba acabando, lo sabía, y una idea cruzó mi cabeza, quizá eran los desvaríos de una mente agonizante, pero recordé que hacía años había leído sobre un antiguo ritual para invocar a un dios olvidado y quizá podría pedirle algún favor, estaba consciente de que no sería algo gratis, pero en esta situación estaba dispuesto a hacer lo que estuviera a mi alcance.

El ritual no era más que recitar algunas palabras mientras jugaba con un poco de barro así que no costó mucho hacerlo, pero al final, nada pasó.

Esa noche tuve el sueño más extraño que jamás haya tenido, me encontraba a la orilla de un gran océano, la arena era negra, el agua del mar era de un color muy oscuro, y el cielo sobre mí era de un tono grisáceo, era un escenario muy deprimente, no veía más que aquel océano, detrás de mí, solo bruma, una gran y densa bruma, me sentí observado por alguien o algo, así que me puse en un estado de alerta, pero no veía nada, de pronto, de la bruma salió un ser, era un ser de aspecto indescriptible, me resultaba muy familiar y al mismo tiempo bastante extraño, él me pregunto por qué lo había llamado, sus palabras resonaron muy dentro de mí, me dije que ese solo era un sueño, aquel ser me dijo que era un dios y que por lo tanto podía aparecer dentro de mis sueños y volvió a preguntar el motivo por el cual lo había llamado.

Por increíble que fuera, parte de mi creía en esto sabía que el ritual había funcionado y las palabras salieron de mi con gran facilidad, le dije de mi enfermedad, de Amanda, que necesitaba más tiempo a su lado, que no quería morir aún, más que una plática era una súplica, necesitaba su ayuda.

Él me dijo que todo tenía un ciclo, que mi vida había de culminar, no se podía hacer nada al respecto, lo único que quedaba era aprovechar ese tiempo que quedaba y no más.

Yo supliqué ayuda, me arrojé a sus pies y llorando pedí que hiciera algo que pudiera ayudarme, una excepción, antes de ese momento no tenía ninguna esperanza, ahora tenía una pequeña luz y quería aferrarme a ella, le dije que el amor que teníamos era algo único e inigualable, nada se comparaba con esto, aquel dios me preguntó si estaba seguro del amor que ella me tenía, a lo cual yo afirmé sin dudar, él dijo que me ofrecería una alternativa, si yo lo aceptaba.

Como él me había dicho, nada podía hacer para que yo viviera más tiempo, pero podía hacer una cosa más, él me garantizaba que mientras Amanda me amara yo podría visitarla en sueños, cada día que ella pensara en mí, podríamos reunirnos en sueños, pero, el día en el que ella amara de la misma forma en la que me amaba a mí, a alguna otra persona, yo no podría volver a visitarla, yo accedí sin dudarlo.

Me dijo que los sueños serían completamente lúcidos, podría sentirla, olerla, incluso ella podría recordar lo soñado, solo había un pero, y era que ella no podría saber de este acuerdo. Yo no tenía ninguna objeción. Sabía que este gran regalo no sería sin costo, así que pregunté qué ganaría él, me dijo que cuando una persona muere, su alma, como nosotros la llamábamos, cruza el océano que tenía frente a mí, para dirigirse a un lugar en donde no hay más dolores o pesares, donde la luz brilla con más intensidad; pero que si yo accedía a este trato con él, mi alma iría en sentido contrario al océano y se dirigiría hacia la bruma donde el tiempo no pasa, no hay arriba o abajo, donde reina la nada, ahí en el vacío. Yo accedí, siempre supe que un poco de tiempo al lado de Amanda era mejor que una eternidad sin ella.

Mi enfermedad agravó y dos años después morí en una noche, sin poder despedirme de ella. Amanda estaba inconsolable, pero fue esa misma noche de mi muerte cuando pude verla en sueños, ella estaba muy triste, yo traté de consolarla y ella solo me abrazó.

Las noches siguientes yo la seguí viendo en sueños, hablaba con ella y le decía que debía de ser fuerte, tenía que sonreír de nuevo, comer y cuidarse, ella pensaba que el soñar conmigo era un tipo de defensa emocional que su cerebro había creado para no sufrir, y aunque con esto en mente, ella era feliz.

Todo el tiempo estuve a orillas del mar esperando impaciente porque ella durmiera y pudiéramos encontrarnos, la esperaba felizmente en algo que parecía ser ya una rutina para ambos. Ella me hablaba de lo que hacía en su día, me decía lo mucho que me extrañaba y que de ser posible ella dormiría todo el día para estar conmigo, pero yo no permitiría eso, yo quería que ella continuara su vida, que fuera feliz, no quería que esto le afectará.

Aquel sombrío paisaje se había convertido en lo más hermoso para nosotros, y en este tiempo había conocido como nunca a mi esposa, ella me contaba cosas que jamás me había dicho cuando yo vivía, yo estaba conociendo una parte más de ella y eso me tenía muy feliz, yo no tenía mucho que decirle, pero con escucharla y verla me bastaba.

Amanda me platicaba todo de su día, de sus compañeros de trabajo, lo que comía, si veía alguna película, me decía que cada semana iba a mi tumba a llevarme flores, yo veía que ella era feliz de estar conmigo en sueños.

Estuvimos así un largo tiempo, pero empecé a preguntarme si esto sería lo correcto, era fascinante, sí, amaba el verla, pero al final del día un sueño, por muy encantador que sea, solo era un sueño, las palabras de aquel dios resonaban dentro de mí, sabía que Amanda me amaba, pero como el dios había dicho todo debía tener un ciclo, y yo pensaba que Amanda debía continuar, sabía, por lo que ella me decía, que en su trabajo había una persona que desde hacía tiempo la cortejaba y esa persona parecía ser un buen partido, sabía que ella tenía que darse una segunda oportunidad, que tenía que volver tener una vida, no solo soñarla.

Poco a poco empecé a hablar con ella, la motivé a que saliera con esa persona, al principio Amanda no accedía, decía que esa idea era inconcebible, pero al paso del tiempo accedió, me decía que el en efecto era un buen hombre, yo no sentía celos o rabia, me sentía feliz por ella, quería que volviera a vivir su vida con plenitud, lo merecía.

De pronto, dejé de verla por algunos periodos largos, sabía lo que eso significaba, esos días ella no había pensado en mí, ya no pensaba en mí a diario, y estaba conforme con eso. Cuando la volvía a ver, yo le decía que estaba feliz por ella, que me encantaba verla así, ella se sentía aún un poco culpable, yo supe que quizá esas eran las últimas veces que nos veíamos, así que cada vez aprovechaba al máximo esas pláticas.

Le dije que siempre iba a estar con ella, que quizá los sueños eventualmente desaparecerían pero que ella debería continuar, que todo tenía un ciclo y que ella debía estar abierta a la vida y a lo que ella le ofreciera. Abracé a Amanda y le dije que siempre la amaría, nos despedimos con la esperanza de volvernos a ver en el próximo sueño.

Esperé pacientemente a que llegara Amanda, el tiempo pasaba y ella no llegaba, de pronto la bruma se intensificó, de ella surgió una silueta, no era mi amada, pero no estaba triste, estaba feliz, ella al final había decidido darse otra oportunidad, sonreí y me dirigí hacia donde se encontraba aquel dios, lo seguiría gustoso a donde fuera, no tenía miedo de mi destino, solo decidí voltear la vista y ver por última vez aquel mar, la arena, en donde tantas veces vi a mi amada, al final todo había valido la pena.

EL DÍA LIBRE

Se dice que cada mil años a los demonios de más alto rango les es permitido ir al mundo de los humanos para poder hacer lo que les plazca. Algunos solo pasean, aprovechan ese día para recorrer un poco de ese mundo tan desconocido para ellos, otros crean guerras, manipulan personas para pelear entre ellos y así destruir aún más a la humanidad.

Ahora, por primera, vez era el turno de Annie, una diabla muy interesada en los humanos, le intrigaba qué motivo les incitaba a cometer tantos pecados e irse al infierno, quería saber de ellos, cómo pensaban, qué tipo de cosas pasaban por sus mentes, así que cuando llegó su turno de ir a la tierra de los humanos, no tuvo mejor idea que hacerse pasar por uno de ellos.

Lo primero que vio fue un espectacular de una mujer muy atractiva, así que ella emuló esa imagen, ahora en ese cuerpo no tendría ningún poder demoníaco, pero no importaba, solo tenía que permanecer así veinticuatro horas, ella disfrutaría su estancia ahí.

El mundo humano era fascinante, el cielo era de un tono azul muy bonito, el sol era hermoso, sentir sus rayos era una delicia, su calor quemaba, pero era tolerable y satisfactorio, era una luz muy reconfortante, se sentía tan llena de energía que decidió caminar y recorrer la ciudad que se extendía frente a ella.

Al llegar a una plazuela un chico estaba dando a los peatones unas cosas llamadas "algodones de azúcar", Annie extendió la mano y tomó una de esas cosas sin saber que hacer a continuación, después giró la cabeza para ver que hacían las demás personas a su alrededor, se sorprendió al ver que se llevaban aquel obsequio a sus bocas, así que ella los imitó.

Reprimió un pequeño grito y una risa al descubrir que ese objeto ahora se deshacía al contacto con su lengua, era una sensación agradable, tenía un gusto muy dulce, se acercó al chico y le pidió uno más, este le pidió algo llamado dinero, Annie se extrañó, pero el chico al ser un hombre amable, le dio uno más y le pidió lo disfrutará.

Ella siguió caminando y viendo el mundo, veía a niños jugar a la pelota, era curioso cómo algo tan simple como un artefacto esférico podía proporcionar tanta satisfacción y diversión a los pequeños, no lo entendía, pero le agradaba presenciar eso.

Más adelante pudo ver una muestra de baile, un hombre y una mujer danzaban al ritmo de la música y frotaban sus cuerpos como si fueran uno mismo, era algo hermoso de apreciar, de pronto más personas empezaron a bailar, un hombre se acercó a ella y la invitó a formar parte de tan extraño ritual, ella no sabía qué hacer, su pareja de baile le dijo al oído que se dejará llevar, ella aceptó y más pronto que tarde se encontró bailando con todas las personas.

Se sentía agotada después del baile, hasta ahora el mundo le parecía un lugar fascinante, muy colorido y siempre en movimiento, buscó un pequeño lugar donde sentarse y se quedó ahí, vio pasar una pareja de ancianos, ambos apenas podían caminar, pero lo hacían con determinación y con la mano apoyada en el otro, se preguntó para sí misma que haría a alguien querer estar con otra persona toda la vida, después de todo, las vidas humanas son demasiado cortas como para querer atarse a alguien más.

Sus pensamientos fueron interrumpidos por alguien que se acercó a ella, había una feria cerca y la estaban invitando, le dieron unos pedazos de papel que según el chico que se los dio, eran pases gratis para subir a los juegos mecánicos, se sintió confundida, pero decidió ir.

Annie se dio cuenta que los juegos mecánicos eran algo aterrador estando dentro de un cuerpo humano, era una especie de tortura, pero a la vez agradable, se sentía vulnerable, pero al mismo tiempo invencible, reía y gritaba por igual, era algo que disfrutó como nunca había hecho.

Se acercó a un juego más, a la rueda de la fortuna, era el más alto de todos, le pareció que desde ahí la vista sería increíble. El encargado del juego le explicó que para subir tenía que pagar, ella no tenía dinero, se desanimó y se disponía a irse cuando un hombre se acercó y dijo que él pagaría por ella, ambos subieron y admiraron la vista.

Era como había imaginado, desde ahí se veía toda la ciudad, ya empezaba a anochecer y las luces no hacían sino embellecer aún más todo, pero sentía algo más, era una especie de presión en el pecho, se dio cuenta que tenía miedo.

Su acompañante pareció notar esto y le pidió que no se preocupara, que si quería le tomara la mano, eso la tranquilizaría, ella aceptó. Al tomar su mano, notó una calidez reconfortante, no era como el calor del infierno, este calor era agradable y familiar, como el del sol.

Ella sonrió, miró a los ojos al hombre y sonrió. En un acto de impulsividad el hombre la besó. No sabía qué pasaba, solo se quedó inmóvil, era la primera vez que alguien invadía su espacio personal de tal forma, no sintió nada, pero sabía que un beso era una forma de demostrar afecto, estaba confundida. El hombre se disculpó, ella no entendía el porqué, solo pudo sonreír y tomar de nuevo su mano.

Bajaron del juego y él, para compensar su error, la invitó a comer, ella aceptó. Pronto su tiempo ahí terminaría y quería seguir con tan agradable compañía. La llevó hasta su auto, manejó por la ciudad durante algunos minutos y después se detuvieron. Era una especie de callejón, estaba muy sucio y oscuro, le pidió a Annie que bajará.

Ella aceptó, preguntó qué hacían ahí, él sólo la empujó contra el auto y empezó a besarla bruscamente, a tocarla por todo su cuerpo, ella seguía confundida, vio a ese hombre a los ojos y notó que su mirada había cambiado por completo, ahora solo había ira. Sintió miedo, quiso huir, él la golpeó y ella gritó, pudo ver personas que pasaban y nadie hacía nada por ayudarla, gritó y peleó, golpeó al hombre hasta que pudo zafarse de sus brazos y corrió. En su huida pudo ver niños flacos, acostados en las calles, pidiendo un poco de comida, a otros más comiendo restos de alimentos hallados en la basura, mujeres siendo golpeadas por hombres o siendo abusadas por estos, otras más maltratando a sus hijos, hombres peleando por una botella de alcohol, era una parte sombría de la ciudad.

Ella corrió y notó que nadie le prestaba atención, parecía que todos estaban sumidos en sus propios problemas, en su propia decadencia, Annie corrió hasta que no pudo más, sintió asco de todo lo que vio, de sí misma, vomitó y después se soltó a llorar por un largo tiempo tendida en el suelo, hasta que fue hora de regresar a casa, al infierno.

Annie se dio cuenta de algo indudable, el mundo humano no era un lugar para los demonios.

ÍNDICE

PAG.

Editorial Unicornio Envenenado

Anatomía del Terror

Fue diseñado por Editorial Unicornio Envenenado en la Ciudad de México, México.
Se alcanzó un tiraje de 100 ejemplares.
Diseño de interiores: Editorial Abigarrados.

Nota: los textos aquí publicados son propiedad y responsabilidad del autor.
Octubre 2021.